btb

Irgendwann im 21. Jahrhundert: Der Staat will nur unser Bestes und hat Gesundheit zur höchsten Bürgerpflicht gemacht. Ein junger Mann bringt sich um, weil ihn das System eines Verbrechens beschuldigt. Seine Schwester will beweisen, dass er unschuldig ist. Und wird zur Gefahr. Juli Zeh entwirft in *Corpus Delicti* das spannende Science-Fiction-Szenario einer Gesundheitsdiktatur, in der Gesundheit zur höchsten Bürgerpflicht geworden ist.

JULI ZEH, 1974 in Bonn geboren, Jurastudium in Passau und Leipzig, Studium des Europa- und Völkerrechts, Promotion. Längere Aufenthalte in New York und Krakau. Schon ihr Debütroman »Adler und Engel« (2001) wurde zu einem Welterfolg, inzwischen sind ihre Romane in 35 Sprachen übersetzt. Juli Zeh wurde für ihr Werk vielfach ausgezeichnet, unter anderem mit dem Rauriser Literaturpreis (2002), dem Hölderlin-Förderpreis (2003), dem Ernst-Toller-Preis (2003), dem Carl-Amery-Literaturpreis (2009), dem Thomas-Mann-Preis (2013), dem Hildegard-von-Bingen-Preis (2015), und dem Bruno-Kreisky-Preis (2017) sowie dem Heinrich-Böll-Preis der Stadt Köln. 2018 wurde sie mit dem Bundesverdienstkreuz ausgezeichnet. Im selben Jahr wurde sie zur Richterin am Verfassungsgericht des Landes Brandenburg gewählt.

JULI ZEH

Corpus Delicti

Ein Prozess

btb

Für Ben

Corpus Delicti

Das Vorwort

Gesundheit ist ein Zustand des vollkommenen körperlichen, geistigen und sozialen Wohlbefindens – und nicht die bloße Abwesenheit von Krankheit.

Gesundheit könnte man als den störungsfreien Lebensfluss in allen Körperteilen, Organen und Zellen definieren, als einen Zustand geistiger und körperlicher Harmonie, als ungehinderte Entfaltung des biologischen Energiepotenzials. Ein gesunder Organismus steht in funktionierender Wechselwirkung mit seiner Umwelt. Der gesunde Mensch fühlt sich frisch und leistungsfähig. Er besitzt optimistisches Rüstungsvertrauen, geistige Kraft und ein stabiles Seelenleben.

Gesundheit ist nichts Starres, sondern ein dynamisches Verhältnis des Menschen zu sich selbst. Gesundheit will täglich erhalten und gesteigert sein, über Jahre und Jahrzehnte hinweg, bis ins höchste Alter. Gesundheit ist nicht Durchschnitt, sondern gesteigerte Norm und individuelle Höchstleistung. Sie ist sichtbar gewordener Wille, ein Ausdruck von Willensstärke in Dauerhaftigkeit. Gesundheit führt über die Vollendung des Einzelnen zur Vollkommenheit des gesellschaftlichen Zusammenseins. Gesundheit ist das Ziel des natürlichen Lebenswillens und deshalb natürliches Ziel von Gesellschaft, Recht und Politik. Ein Mensch, der nicht nach Gesundheit strebt, wird nicht krank, sondern ist es schon.

(Aus dem Vorwort zu: Heinrich Kramer, »Gesundheit als Prinzip staatlicher Legitimation«, Berlin, München, Stuttgart, 25. Auflage)

Das Urteil

Im Namen der Methode!
Urteil
In der Strafsache gegen

Mia Holl, deutsche Staatsangehörige, Biologin

wegen Methodenfeindlicher Umtriebe

hat die 2. Strafkammer des Schwurgerichts in öffentlicher Sitzung, an der teilgenommen haben:

1. *Vorsitzender Richter am Schwurgericht Dr. Ernest Hutschneider als Vorsitzender,*
2. *Richter am Schwurgericht Dr. Hager und Richterin Stock als Beisitzer,*
3. *die Schöffen*
   a) Irmgard Gehling, Hausfrau,
   b) Max Maring, Kaufmann,
4. *Staatsanwalt Bell als Vertreter der Anklagebehörde,*
5. *Rechtsanwalt Dr. Lutz Rosentreter als Verteidiger,*
6. *Justizassistent Danner als Urkundsbeamter der Geschäftsstelle,*

für Recht erkannt:

I. Die Angeklagte ist schuldig der Methodenfeindlichen Umtriebe in Tateinheit mit der Vorbereitung eines terroristischen Krieges, sachlich zusammentreffend mit einer Gefährdung des Staatsfriedens, Umgang mit toxischen Substanzen und vorsätzlicher Verweigerung obligatorischer Untersuchungen zu Lasten des allgemeinen Wohls.

II. Sie wird deshalb zum Einfrieren auf unbestimmte Zeit verurteilt.

III. Die Angeklagte hat die Kosten des Verfahrens und ihre notwendigen Auslagen zu tragen.

Aus den folgenden Gründen …

Mitten am Tag, in der Mitte des Jahrhunderts

Rings um zusammengewachsene Städte bedeckt Wald die Hügelketten. Sendetürme zielen auf weiche Wolken, deren Bäuche schon lange nicht mehr grau sind vom schlechten Atem einer Zivilisation, die einst glaubte, ihre Anwesenheit auf diesem Planeten vor allem durch den Ausstoß gewaltiger Schmutzmengen beweisen zu müssen. Hier und da schaut das große Auge eines Sees, bewimpert von Schilfbewuchs, in den Himmel – stillgelegte Kies- und Kohlegruben, vor Jahrzehnten geflutet. Unweit der Seen beherbergen stillgelegte Fabriken Kulturzentren; ein Stück stillgelegter Autobahn gehört gemeinsam mit den Glockentürmen einiger stillgelegter Kirchen zu einem malerischen, wenn auch selten besuchten Freilichtmuseum.

Hier stinkt nichts mehr. Hier wird nicht mehr gegraben, gerußt, aufgerissen und verbrannt; hier hat eine zur Ruhe gekommene Menschheit aufgehört, die Natur und damit sich selbst zu bekämpfen. Kleine Würfelhäuser mit weiß verputzten Fassaden sprenkeln die Hänge, ballen sich zusammen und wachsen schließlich zu terrassenförmig gestuften Wohnkomplexen an. Die Flachdächer bilden eine schier endlose Landschaft, dehnen sich bis zu den

Horizonten und gleichen, das Himmelsblau spiegelnd, einem erstarrten Ozean: Solarzellen, eng beieinander und in Millionenzahl.

Von allen Seiten durchziehen Magnetbahn-Trassen in schnurgeraden Schneisen den Wald. Dort, wo sie sich treffen, irgendwo inmitten des reflektierenden Dächermeers, also mitten in der Stadt, mitten am Tag und in der Mitte des einundzwanzigsten Jahrhunderts – dort beginnt unsere Geschichte.

Unter dem besonders lang gezogenen Flachdach des Amtsgerichts geht Justitia ihren Routinegeschäften nach. Die Luft im Raum 20/09, in dem die Güteverhandlungen zu den Buchstaben F bis H stattfinden, ist auf exakt 19,5 Grad klimatisiert, weil der Mensch bei dieser Temperatur am besten denken kann. Sophie kommt niemals ohne ihre Strickjacke zur Arbeit, die sie bei Strafgerichtsverhandlungen sogar unter der Robe trägt. Rechts von ihr liegt ein Aktenstapel, den sie bereits erledigt hat; linker Hand verbleibt ein kleinerer Haufen, den es noch zu bearbeiten gilt. Ihr blondes Haar hat die Richterin zu einem hochsitzenden Pferdeschwanz gebunden, mit dem sie immer noch aussieht wie jene eifrige Studentin in den Hörsälen der juristischen Fakultät, die sie einmal gewesen ist. Sie kaut auf dem Bleistift, während sie auf die Projektionswand schaut. Als sie den Augen des öffentlichen Interessenvertreters begegnet, nimmt sie den Stift aus dem Mund. Sie hat mit Bell zusammen studiert, und er konnte schon vor acht Jahren in der Mensa nervtötende Vorträge über Rachenrauminfektionen halten, die durch den oralen Kontakt mit verkeimten Fremdkörpern verursacht werden. Als ob es in irgendeinem öffentlichen Raum im Land Keime gäbe!

Bell sitzt ihr in einiger Entfernung gegenüber und nimmt mit seinen Unterlagen einen Großteil der Tischplatte ein, während sich der Vertreter des privaten Interesses an die kurze Seite des gemeinsamen Pults zurückgezogen hat. Um die allgemeine Übereinstimmung zu unterstreichen, teilen sich das öffentliche und das private Interesse einen Tisch, was für beide Unterhändler ziemlich unbequem, aber nichtsdestoweniger eine schöne Rechtstradition ist. Wenn Bell den rechten Zeigefinger hebt, wechselt die Projektion an der Wand. Momentan zeigt sie das Bild eines jungen Mannes.

»Bagatelldelikt«, sagt Sophie. »Oder gibt's Vorbelastungen? Vorstrafen?«

»Keine«, beeilt sich der Vertreter des privaten Interesses zu versichern. Rosentreter ist ein netter Junge. Wenn er in Verlegenheit gerät, fährt er sich mit einer Hand in die Frisur und versucht anschließend, die ausgerissenen Haare möglichst unauffällig zu Boden schweben zu lassen.

»Also einmaliges Überschreiten der Blutwerte im Bereich Koffein«, sagt Sophie. »Schriftliche Verwarnung, und das war's. Einverstanden?«

»Unbedingt.« Rosentreter wendet den Kopf, um

den Vertreter des öffentlichen Interesses zu taxieren. Dieser nickt. Sophie legt eine weitere Akte vom linken Stapel auf den rechten.

»So, Leute«, sagt Bell. »Der nächste Fall ist leider nicht ganz so einfach. Vor allem dich wird's nicht freuen, Sophie.«

»Eine Kindersache?«

Bell hebt den Finger, an der Wand wechselt die Projektion. Es erscheint die Fotografie eines Mannes in mittlerem Alter. Ganzkörper, nackt. Von vorn und hinten. Von außen und innen. Röntgenbilder, Ultraschall, Kernspintomografie des Gehirns.

»Das ist der Vater«, sagt Bell. »Bereits mehrfach vorbestraft wegen Missbrauchs toxischer Substanzen im Bereich Nikotin und Ethanol. Heute bei uns wegen Verstoßes gegen das Gesetz über Krankheitsfrüherkennung bei Säuglingen.«

Sophie macht ein bekümmertes Gesicht.

»Wie alt ist denn das Kleine?«

»Achtzehn Monate. Ein Mädchen. Der Vater hat die Untersuchungspflichten auf den Stufen G2 und G5 bis G7 vernachlässigt. Was noch dramatischer ist: Das Screening des Kindes ist unterblieben. Zerebrale Störungen nicht ausgeschlossen, allergische Sensibilität nicht abgeprüft.«

»So eine Schlamperei! Wie konnte das passieren?«

»Der zuständige Amtsarzt hat den Beschuldigten mehrfach auf seine Verpflichtungen hingewiesen und schließlich einen Betreuer bestellt. Und jetzt kommt's: Als sich der Betreuer Zutritt zur Wohnung verschaffte, war das arme Ding völlig verwahrlost. Unterernährt, nervöser Brechdurchfall. Es lag buchstäblich im eigenen Kot. Noch ein paar Tage, und es wäre vielleicht zu spät gewesen.«

»Wie furchtbar. So ein Winzling kann sich doch nicht selbst helfen!«

»Der Mann hat private Probleme«, wirft Rosentreter ein. »Er ist alleinerziehend, und…«

»Das verstehe ich. Aber trotzdem. Das eigene Kind!«

Mit einer resignierten Handbewegung zeigt Rosentreter an, dass er im Grunde Sophies Meinung ist. Er hat die Geste gerade zu Ende gebracht, als sich die Tür des Sitzungsraums öffnet. Der Eintretende hat nicht angeklopft und scheint nicht bemüht, unnötigen Lärm zu vermeiden. Er bewegt sich mit der Selbstverständlichkeit eines Mannes, der überall Zutritt hat. Sein Anzug sitzt vorbildlich mit jenem wohldosierten Schuss Unachtsamkeit, ohne den wahre Eleganz nicht auskommen kann. Die Haare sind dunkel, die Augen schwarz, die Glieder lang, aber ohne Schlaksigkeit. Seine Bewegungsabläufe erinnern an die trügerische Gelassenheit einer Raubkatze, die, eben noch mit halb geschlossenen Lidern in der Sonne dösend, im nächsten Augenblick zum Angriff übergehen kann. Nur wer Heinrich Kramer besser kennt, weiß, dass er unruhige Finger hat, deren Zittern er gern verbirgt, indem er die Hände in die Hosentaschen schiebt. Auf der Straße trägt er weiße Handschuhe, die er jetzt auszieht.

»Santé, die Herrschaften.«

Er legt seine Aktentasche auf einen der Besuchertische und rückt sich den Stuhl zurecht.

»Santé, Herr Kramer!«, ruft Bell. »Wieder auf der Jagd nach spannenden Geschichten?«

»Das Auge der vierten Gewalt schläft nie.«

Bell lacht und hört wieder damit auf, als ihm klar wird, dass Kramer keinen Witz gemacht hat. Dieser beugt sich vor, runzelt die Stirn und mustert den Vertreter des privaten Interesses, als könne er ihn nicht genau erkennen.

»Santé, Rosentreter«, sagt er, jede Silbe einzeln betonend.

Der Angesprochene grüßt flüchtig und versteckt den Blick in seinen Unterlagen. Kramer zupft seine Bügelfalten zurecht, schlägt die Beine übereinander, legt einen Finger an die Wange und übt sich in der Pose eines unauffälligen Zuhörers, was bei einem Mann seines Formats ein aussichtsloses Unterfangen ist.

»Zurück zum Fall«, sagt Sophie in demonstrativer Geschäftsmäßigkeit. »Was schlägt der Vertreter des öffentlichen Interesses vor?«

»Drei Jahre.«

»Das ist ein bisschen hoch gegriffen«, sagt Rosentreter.

»Finde ich nicht. Wir müssen dem Kerl klarmachen, dass er das Leben seiner Tochter gefährdet hat.«

»Kompromiss«, sagt Sophie schnell. »Zwei Jahre offener Maßregelvollzug, den er zu Hause ableisten kann. Einsetzung eines medizinischen Vormunds für das kleine Mädchen, medizinische und hygienische Fortbildung für den Vater. So wird sichergestellt, dass dem Kind nichts passiert, und die Familie bekommt noch eine Chance. Was meint ihr?«

»Genau das wollte ich auch beantragen«, sagt Rosentreter.

»Wunderbar«, lächelt Sophie, und zu Bell: »Ihre Begründung?«

»Eine Vernachlässigung der medizinischen und hygienischen Vorsorge gefährdet das Wohl des Kindes. Das Elternrecht beinhaltet nicht die Erlaubnis, dem Kind Schaden zuzufügen. Vor dem Gesetz steht das bewusste Zulassen einer Gefährdung dem absichtlichen Zufügen von Leid gleich. Das Strafmaß orientiert sich deshalb an der schweren Körperverletzung.«

Sophie macht eine Notiz.

»Bewilligt«, sagt sie und legt die Akte zur Seite. »Hoffen wir mal, dass die Sache damit im besten Sinn erledigt ist.«

Kramer kreuzt die Beine andersherum und sitzt wieder still.

»Also weiter.« Bell hebt den Zeigefinger. »Mia Holl.«

Die Frau auf der Präsentationswand könnte ebenso gut vierzig wie zwanzig Jahre alt sein. Das Geburtsdatum beweist, dass die Wahrheit wie so oft in der Mitte liegt. Ihr Gesicht strahlt jene besondere Anmutung von Sauberkeit aus, die wir auch an den Anwesenden beobachten können und die allen Mienen etwas Unberührtes, Altersloses, fast Kindliches gibt: den Ausdruck von Menschen, die ein Leben lang von Schmerz verschont geblieben sind. Zutraulich blickt Mia den Betrachter an.

Ihr nackter Körper ist schmal und zeigt dennoch eine drahtige Konstitution von hoher Widerstandskraft. Kramer richtet sich auf.

»Wohl wieder ein Bagatelldelikt.« Sophie blickt in die neue Akte und unterdrückt ein Gähnen.

»Wiederholen Sie den Namen.« Das war Kramer. Obwohl er nicht laut gesprochen hat, bringt seine Stimme jeden beliebigen Vorgang im Raum sofort zum Erliegen. Überrascht schauen die drei Juristen auf.

»Mia Holl«, sagt Sophie.

Mit einer Bewegung, als wolle er Fliegen verscheuchen, bedeutet Kramer der Richterin, die Güteverhandlung fortzusetzen. Gleichzeitig zieht er einen elektronischen Kalender aus der Tasche und beginnt, sich Notizen zu machen. Sophie und Rosentreter wechseln einen schnellen Blick.

»Was liegt vor?«, fragt Sophie.

»Vernachlässigung der Meldepflichten«, sagt

Bell. »Schlafbericht und Ernährungsbericht wurden im laufenden Monat nicht eingereicht. Plötzlicher Einbruch im sportlichen Leistungsprofil. Häusliche Blutdruckmessung und Urintest nicht durchgeführt.«

»Zeigen Sie mir die allgemeinen Daten.«

Auf einen Wink von Bell laufen lange Listen über die Präsentationsfläche. Blutwerte, Informationen zu Kalorienverbrauch und Stoffwechselabläufen, dazu einige Diagramme mit Leistungskurven.

»Die ist doch gut drauf«, sagt Sophie und gibt Rosentreter damit das Stichwort.

»Keine Vorbelastungen. Erfolgreiche Biologin mit Idealbiografie. Keine Anzeichen von physischen oder sozialen Störungen.«

»Hat sie die ZPV in Anspruch genommen?«

»Bis jetzt liegt kein Antrag bei der Zentralen Partnerschaftsvermittlung vor.«

»Eine schwierige Phase. Nicht wahr, Jungs?« Die Richterin lacht über Bells säuerliche und Rosentreters erschrockene Miene. »Ich würde in diesem Fall gern auf eine Verwarnung verzichten und Hilfestellung anbieten. Einladung zum Klärungsgespräch.«

»Meinetwegen.« Bell zuckt die Achseln.

»Eine schwierige Phase.« Lächelnd tippt Kramer auf seinem Display. »So kann man es auch ausdrücken.«

»Kennen Sie die Beschuldigte?«, fragt Sophie freundlich.

»Ich schätze die Zurückhaltung des Gerichts.« Mit charmantem Spott zwinkert Kramer ihr zu. »Auch Sie sind der Beschuldigten schon einmal begegnet, Sophie. Wenn auch unter anderen Umständen.«

Sophie wird nachdenklich. Wäre ihr Teint nicht ohnehin von gesunder Farbe, könnten wir sie erröten sehen. Kramer packt seinen Kalender ein und steht auf.

»Schon fertig?«, fragt Bell.

»Im Gegenteil. Ganz am Anfang.«

Während Kramer zum Abschied winkt und den Raum verlässt, schließt Sophie die Akte und zieht eine neue heran.

»Der Nächste, bitte.«

Pfeffer

Es kam aus dem Kinderzimmer! So!« Lizzie lässt das Treppengeländer los, beugt sich vor und schauspielert ein Niesen. »Haa-tschi! Haa-tschi!«

»Das ist nicht dein Ernst.« Die Pollsche schaut sich um, als hätte soeben ein Geist das Treppenhaus durchquert. »Das klingt doch wie …«

»Sag's ruhig!«

»Wie ein Niesen.«

»Genau! Aus dem Kinderzimmer! Was glaubst du, wie ich gerannt bin.«

»So ein Quatsch!« Driss ist die Dritte im Bunde, hoch aufgeschossen wie ein junger Baum, mit dem sie die Abwesenheit weiblicher Rundungen teilt. Ein flaches Gesicht balanciert über dem Kragen des weißen Kittels, große Augen spiegeln das jeweilige Gegenüber. Auch ohne Sommersprossen hätte man Schwierigkeiten, einem Mädchen wie ihr die Volljährigkeit zu glauben.

»Was ist Quatsch?«, fragt die Pollsche.

»Erkältung ist seit den Zwanzigerjahren ausgestorben.«

»Fräulein Blitzmerker.« Lizzie rollt die Augen.

»Neulich war doch wieder Warnung«, flüstert die Pollsche.

»Siehst du, Driss, die Pollsche liest den GESUNDEN MENSCHENVERSTAND. Ich also das Herz in der Hose und die Tür aufgerissen. Und was seh ich? Am Boden hockt meine Kleine mit dem Bengel von der Ute und steckt das Näschen in die Pfeffertüte. Niest wie eine Weltmeisterin.«

»Arzt haben die gespielt!« Die Pollsche beginnt zu lachen.

»Und deine Kleine war die Patientin.« Jetzt lacht auch Driss.

»Ihr habt's erfasst, Kinder. Aber wer fast krank geworden ist vor Angst, das war ich.«

Die drei stehen beisammen, als wollten sie nachahmen, wie sie bereits gestern beisammengestanden haben und vorgestern und alle Tage davor. Genauso reicht die Kette aus Wiederholungen des immer gleichen Bilds in die Zukunft: Lizzie stützt sich auf den Schlauch der Desinfektionsmaschine, die Pollsche lehnt am Kasten des Bakteriometers, und Driss hat beide Arme auf das Treppengeländer gelegt. Als die Haustür aufgeht, verstummen alle drei mit einem Schlag. Da ist er wieder: Der Mann im dunklen Anzug. Das Gesicht ist zur Hälfte von einem weißen Tuch verdeckt, aber ein Blick in seine Augen genügt, um zu erkennen, wie schön er ist.

»Santé! Einen guten Tag, die Damen.«

»Ein guter Tag«, sagt Lizzie, stellt eine Hüfte aus und stützt die Hand darauf, »ein guter Tag wäre einer, an dem wir nichts mehr zu tun hätten.«

»Aber, mein Herr, Sie müssen nicht …« Driss zeigt dem Mann mit ausgestrecktem Finger ins Gesicht.

»Sie meint den Mundschutz«, sagt die Pollsche schnell.

»Das ist ein Wächterhaus«, sagt Lizzie. »Sie brauchen hier drin keinen Mundschutz.«

»Wie dumm von mir.« Kramer löst das Band hinter dem Kopf. »Da war doch die Plakette am Eingang.«

Den Mundschutz schiebt er in die Jackentasche. Während des anschließenden Schweigens wäre genug Zeit, ein Referat über Wächterhäuser zu halten. In Wohnkomplexen, deren Hausgemeinschaft sich durch besondere Zuverlässigkeit auszeichnet, können Aufgaben der hygienischen Prophylaxe von den Bewohnern in Eigenregie übernommen werden. Regelmäßige Messungen der Luftwerte gehören ebenso dazu wie Müll- und Abwasserkontrolle und die Desinfizierung aller öffentlich zugänglichen Bereiche. Ein Haus, in dem diese Form der Selbstverwaltung funktioniert, wird mit einer Plakette ausgezeichnet und erhält Rabatte auf Strom und Wasser. Die Wächterhaus-Initiative feiert auf allen Ebenen die größten Erfolge. Der Fiskus spart Geld bei der Gesundheitsvorsorge, und die Menschen entwickeln Gemeinschaftssinn. Wer auch immer in grauer Vergangenheit behauptet hat, das Volk sei zu faul oder zu dumm für eine basisdemokratische Mitwirkung am öffentlichen Leben – er hatte nicht recht. In Wächterhäusern beweisen die Leute, dass sie sehr wohl in der Lage sind, zum allgemeinen Nutzen zusammenzuarbeiten. Sie haben Freude daran. Man trifft sich, man diskutiert, man fällt Entscheidungen. Man hat, im wahrsten Sinne des Wortes, miteinander *zu tun*.

Heinrich Kramer, der, umringt von den drei Damen in weißen Kitteln, wie ein stolzes Pferd zwischen Ziegen im Treppenhaus steht, war an der Entwicklung der Wächterhaus-Idee maßgeblich beteiligt. Doch berühmt war er vorher schon. Jeder im Land weiß, wer er ist. Darin liegt der Grund für das anhaltende Schweigen, genau wie für das jetzt losbrechende Geschnatter.

»Hol mich der Virus!«

»Das ist doch …«

»Sind Sie nicht?«

»Mensch, Driss, jetzt starr ihn nicht so an, das ist ja peinlich.«

Kramer legt eine Hand ans Brustbein und verbeugt sich.

»Verbindlichsten Dank, meine Damen. Sagen Sie, wohnt hier bei Ihnen eine Frau Holl?«

»Die Mia!«, ruft Driss und klatscht in die Hände. Bei einem Ratespiel hätte sie richtig darauf getippt, dass Heinrich Kramer unter allen Nachbarn nach Mia Holl fragen wird. Auch wenn Driss das nicht erklären könnte: Für sie ist die Mia etwas Besonderes.

»Frau Holl wohnt ganz oben. Terrasse nach hinten.«

»Tolle Wohnung«, sagt die Pollsche. »Mit der Biologie verdient man nicht schlecht.«

»Zu Recht«, sagt Lizzie streng.

»Schön«, sagt Kramer. »Und ist Frau Holl zu Hause?«

»Immer!«, ruft Driss. »Zur Zeit, mein ich.« Sie beugt sich zu Kramer, als wolle sie ihm ein Geheimnis verraten. »Man sieht die Mia gar nicht mehr.«

»Frau Mia Holl«, korrigiert Lizzie, »geht derzeit nicht arbeiten.«

»Dann hat sie Urlaub?«

»Ach was!«, platzt die Pollsche heraus. »So ein hübsches Kind und immer allein! Die guckt Angebote durch.«

»Wir glauben«, sagt Lizzie vertraulich zu Kramer, »dass Frau Holl einen Partner sucht.«

Kramer nickt. »Dann will ich mal.«

»Die Mia ist eine Anständige.«

»Das versteht sich doch von selbst, Driss.«

»In einem Haus wie diesem.«

»Danke.« Kramer nickt in die Runde, während er den Kreis der Nachbarinnen durchbricht. »Sie haben mir sehr geholfen. Und meinen Glückwunsch zu diesem schönen Haus.«

Die Münder bleiben offen, aber stumm, während man Kramer und seinen Beinen und seiner ganzen elastischen Gestalt beim Treppensteigen zusieht.

Die ideale Geliebte

»Weil das Leben so sinnlos ist«, sagt Mia, »und man es trotzdem irgendwie aushalten muss, bekomme ich manchmal Lust, Kupferrohre beliebig miteinander zu verschweißen. Bis sie vielleicht einem Kranich ähneln. Oder einfach nur ineinandergewickelt sind wie ein Nest aus Würmern. Dann würde ich das Gebilde auf einen Sockel montieren und ihm einen Namen geben: Fliegende Bauten, oder auch: Die ideale Geliebte.«

Während Mia mit dem Rücken zum Zimmer am Schreibtisch sitzt, vor sich ein paar Zettel, auf denen sie gelegentlich etwas notiert, liegt die ideale Geliebte auf der Couch, gekleidet in ihr eigenes Haar und das Licht der Nachmittagssonne. Durch keine Regung verrät die Schöne, ob sie versteht, was Mia spricht. Wir könnten uns fragen, ob sie Mia überhaupt wahrnimmt. Oder ob sie vielmehr in einer anderen Dimension existiert und dort ins Leere schaut, indes sich Mia bloß zufällig vor ihren Augen befindet, an einem Kreuzungspunkt zwischen den Welten. Der Blick der idealen Geliebten gleicht dem Starren eines Wassertiers, das keine Augenlider besitzt.

»Nur, damit etwas bleibt«, sagt Mia. »Um etwas

Zweckloses zu schaffen. Alles, was einen Zweck hat, erfüllt ihn eines Tages und ist damit verbraucht. Selbst Gott besaß den Zweck, die Menschen zu trösten, und siehe da: Mit seiner Ewigkeit war es nicht allzu weit her. Verstehst du?«

In der Wohnung herrscht Chaos. Es sieht aus, als hätte hier seit Wochen niemand aufgeräumt, gelüftet oder geputzt.

»Natürlich verstehst du das. Es ist von Moritz. Er sagte: Wer Ewigkeit will, darf nicht einmal den Zweck des eigenen Überlebens verfolgen.«

Weil die ideale Geliebte nicht reagiert, dreht sich Mia mit dem Stuhl herum.

»Wenn er mich ärgern wollte, sagte er, ich hätte Künstlerin werden sollen. Seiner Meinung nach hat mich das naturwissenschaftliche Denken verdorben. Wie, fragte er, soll man einen Gegenstand oder gar ein geliebtes Wesen betrachten, wenn man ständig daran denken muss, dass nicht nur das Betrachtete, sondern auch man selbst nur ein Teil des gigantischen Atomwirbels ist, aus dem alles besteht? Wie soll man es ertragen, dass sich das Gehirn, unser einziges Instrument des Sehens und Verstehens, aus den gleichen Bausteinen zusammensetzt wie das Gesehene und Verstandene? Was, rief Moritz dann, soll das sein: Materie, die sich selbst anglotzt?«

Die ideale Geliebte hat mit Materie wenig gemeinsam. Vielleicht tut es Mia deshalb gut, mit ihr zu sprechen.

»Erst hat die naturwissenschaftliche Erkenntnis das göttliche Weltbild zerstört und den Menschen ins Zentrum des Geschehens gerückt. Dann hat sie ihn dort stehen lassen, ohne Antworten, in einer Lage, die nichts weiter als lächerlich ist. Das hat Moritz oft gesagt, und in diesem Punkt gab ich ihm recht. So verschieden haben wir gar nicht gedacht. Nur unsere Schlussfolgerungen waren nicht dieselben.«

Mit dem Stift zeigt Mia auf die ideale Geliebte, als gebe es einen Grund, sie anzuklagen.

»Er wollte für die Liebe leben, und wenn man ihm zuhörte, konnte man auf die Idee kommen, dass Liebe schlicht ein anderes Wort war für alles, was ihm gefiel. Liebe war Natur, Freiheit, Frauen, Fische fangen, Unruhe stiften. Anders sein. Noch mehr Unruhe stiften. Das alles hieß bei ihm Liebe.«

Mia wendet sich wieder dem Schreibtisch zu und macht Notizen, während sie weiterspricht.

»Ich muss das aufschreiben. Ich muss *ihn* aufschreiben. Das menschliche Gedächtnis sortiert 96 Prozent aller Informationen nach wenigen Tagen aus. Vier Prozent Moritz sind nicht genug. Mit vier Prozent Moritz kann ich nicht weiterleben.«

Eine Weile schreibt sie verbissen, dann hebt sie den Kopf.

»Wenn wir über Liebe sprachen, wurde er beleidigend. Du, sagte er zu mir, bist Naturwissenschaftlerin. Deine Freunde und Feinde siehst du nur unter dem Elektronenmikroskop. Wenn du das Wort *Liebe* sagst, muss sich das anfühlen, als hättest du einen Fremdkörper im Mund. Deine Stimme klingt anders bei diesem Wort. *Liebe.* Eine halbe Oktave höher. Dein Kehlkopf zieht sich zusammen, Mia, ein schriller Ton, *Liebe.* Als Kind hast du es sogar vor dem Spiegel geübt. *Liebe.* Du hast dir dabei selbst in die Augen gesehen und nach dem Grund gesucht, der dieses Wort so schwierig macht: *Liebe.* Es ist einfach so, Mia, dass du diesen Begriff nicht richtig aussprechen kannst. Für dich gehört er zu einer fremden Sprache, die nach einer unnatürlichen Gaumenstellung verlangt. Sag mal, ich *liebe* dich, Mia! Sag: Das Wichtigste im Leben ist die *Liebe.* Mein Lieber, Liebster. Liebst du mich? – Schon wendest du dich ab, Mia! Du gibst auf!«

Ein weiteres Mal dreht sie sich mit dem Schreibtischsessel herum, diesmal in einer ungestümen Bewegung.

»Und was war sein letzter Satz? ›Das Leben ist ein Angebot, das man auch ablehnen kann.‹ Wo war sie da, seine Liebe? Es gibt Sätze, die prägen das Gehirn wie eine Metallstanze, sodass man fortan nur noch in diesen Bahnen denken kann. Wie soll ich das vergessen? Wie soll ich das *nicht* vergessen? Du hast ihn gekannt, wahrscheinlich besser als ich. Keine Ahnung, ob er wusste, wie sehr ich ihn liebte. Ich weiß nicht einmal«, ruft Mia, »ob ich in der Lage bin, ihn angemessen zu vermissen!«

»Red keinen Scheiß«, sagt die ideale Geliebte. »Wir machen doch nichts anderes, bei Tag und bei Nacht. Wir vermissen ihn. Gemeinsam. Komm her.«

Als Mia aufsteht und den ausgestreckten Armen der idealen Geliebten entgegengeht, klingelt es an der Tür.

Eine hübsche Geste

Es gibt Momente, in denen die Zeit stehen bleibt. Zwei Menschen sehen einander in die Augen: Materie, die sich selbst anglotzt. Um die entstandene Blickachse, die sich hinter den Köpfen ins Unendliche verlängern lässt, dreht sich für ein paar Sekunden die ganze Welt. Zur Vermeidung von Missverständnissen sei darauf hingewiesen, dass hier nicht von Liebe auf den ersten Blick die Rede ist. Eher würden wir das, was gerade zwischen Mia und Kramer geschieht, das stumme Getöse am Anfang einer Geschichte nennen.

Mia hat ihm die Tür geöffnet, und für eine Weile spricht niemand ein Wort. Was Kramer denkt, ist schwer zu erraten; vermutlich wartet er einfach darauf, dass Mia die Gastgeberin in sich entdeckt. Er ist ein geduldiger Mann. Vielleicht nimmt er Rücksicht, verharrt respektvoll auf der Schwelle und will ihr Zeit geben, weil er versteht, in welch merkwürdiger Situation sie sich befindet. Schließlich erlebt man es nicht alle Tage, dass ein Mensch, den man im Geiste schon so viele Male und auf so unterschiedliche Arten zu Tode gequält hat, plötzlich leibhaftig vor einem steht.

»Seltsam«, sagt Mia, als sie die Sprache wiederfindet. »Ich habe das Fernsehen gar nicht angeschaltet. Und trotzdem sehe ich Sie.«

Darauf lächelt Kramer ein bezauberndes, offenherziges Lächeln, das ihm niemand zutrauen würde, der ihn nur aus den Medien kennt. Es ist ein Privatlächeln. Das Lächeln eines Menschen, der trotz großer Berühmtheit ganz der Alte geblieben ist.

»Santé«, sagt er, zieht den rechten Handschuh aus und streckt Mia die nackte Hand hin. Sie betrachtet diese Hand wie ein exotisches Insekt, bevor sie zögernd ihre Finger in seine legt.

»Eine hübsche Geste, wie aus einem alten Film«, sagt sie. »Scheint mir nicht recht zu Ihnen zu passen. Haben Sie keine Angst vor meinem Infektionspotenzial?«

»Das Wichtigste im Leben ist Stil, Mia Holl. Und Hysterie ist die schlimmste Feindin des guten Stils.«

»Ihr Gesicht«, sagt Mia nachdenklich, »ist wohl eine Art Etikett. Man kann es auf die unterschiedlichsten Ansichten kleben.«

»Darf ich reinkommen?«

»Sie verlangen, dass ich dem Mörder meines Bruders etwas zu trinken anbiete?«

»Durchaus nicht. Für eine so plumpe Einschätzung sind Sie zu intelligent. Aber etwas zu trinken hätte ich tatsächlich gern. Eine Tasse heißes Wasser.«

Kramer geht an Mia vorbei in die Wohnung und steuert das Sofa an, auf dem die ideale Geliebte schnell zur Seite rutscht. Kaum hat Kramer sich hingesetzt, wirkt das Sofa wie für ihn gemacht. Den angewiderten Blick der idealen Geliebten bemerkt er nicht, was ausnahmsweise weniger an seiner Selbstsicherheit liegt als an der Tatsache, dass er die ideale Geliebte nicht sehen kann.

»Nur der Vollständigkeit halber: Ich habe Ihren Bruder nicht ermordet. Wir sollten vielleicht eher fragen, woher er im Gefängnis die Angelschnur hatte, um sich aufzuhängen.«

Mia steht mitten im Raum, hat die Arme gekreuzt und die Finger ins Fleisch der Oberarme gekrallt, als wolle sie sich am eigenen Körper festhalten – oder verhindern, dass ihre Hände sich selbstständig machen, um Heinrich Kramer zu erwürgen.

»Sie…«, stößt Mia hervor, »Sie bemühen sich nicht gerade, meinen Hass zu entschärfen.«

Kramer kann auch geschmeichelt lächeln; dazu streicht er sich übers Haar.

»Hassen Sie nur«, sagt er. »Ich bin hier, um mit Ihnen zu reden. Sie sollen mich nicht heiraten.«

»Dem stünden hoffentlich unsere Immunsysteme entgegen.«

»Interessanterweise«, Kramer legt einen Finger an die Nase, »wären wir immunologisch kompatibel.«

»Interessanterweise«, sagt die ideale Geliebte und legt ebenfalls einen Finger an die Nase, »sind Sie ein noch größeres Arschloch, als wir dachten.«

»Versuchen wir es mit Logik.« Mia hat ihre Stimme wieder unter Kontrolle. »Wenn Sie und Ihr

Schwadron aus dreckigen Kläffern nicht diese Kampagne gegen Moritz gefahren hätten, wäre er vielleicht nicht verurteilt worden. Und ohne Verurteilung hätte er sich nicht umgebracht.«

»So gefallen Sie mir schon besser.« Kramer hat den rechten Ellbogen auf die Rückenlehne der Couch gelegt, als ob er die ideale Geliebte in den Arm nehmen wollte. »Logisches Denken liegt Ihnen, genau wie mir. Deshalb werden Sie mühelos Ihren Denkfehler erkennen. Kausalität ist keineswegs identisch mit Schuld. Sonst müssten Sie auch den Urknall für den Tod Ihres Bruders verantwortlich machen.«

»Vielleicht tue ich das.« Die Erde gerät auf ihrer Umlaufbahn in ein Schlagloch, Mia schwankt, will sich auf den Schreibtisch stützen und greift ins Leere. »Ich verurteile den Urknall. Ich verurteile das Universum. Ich verurteile unsere Eltern, weil sie Moritz und mich zur Welt gebracht haben. Ich verurteile alles und jeden, der ursächlich ist für seinen Tod!«

»Kommen Sie. Ich helfe Ihnen.«

Kramer erhebt sich, hilft Mia, die auf die Knie gesunken ist, beim Aufstehen und führt sie zum Sofa. Behutsam streicht er ihr das Haar aus der Stirn.

»Fass sie nicht an!«, zischt die ideale Geliebte.

»Ich geh uns mal eine Tasse heißes Wasser machen.«

Kramer verschwindet in der Küche.

Genetischer Fingerabdruck

Der Vorfall, von dem hier gesprochen wird, liegt nicht lang zurück. Ein Blick auf die Fakten zeigt ein verblüffend simples Geschehen. Moritz Holl, 27 Jahre alt, ein zugleich sanfter und hartnäckiger Mann, der von seinen Eltern »Träumer«, von Freunden »Freidenker« und von seiner Schwester Mia meistens »Spinner« genannt wurde, meldete in einer gewöhnlichen Samstagnacht einen schrecklichen Fund bei der Polizei. Eine junge Frau namens Sibylle, mit der er sich nach eigenen Angaben zu einem Blind Date an der Südbrücke verabredet hatte, war bei seinem Eintreffen weder sympathisch noch unsympathisch, sondern tot. Man nahm die Zeugenaussage des völlig verstörten Moritz zu Protokoll und schickte ihn nach Hause. Zwei Tage später saß er in Untersuchungshaft. Man hatte sein Sperma im Körper der Vergewaltigten gefunden.

Der DNA-Test beendete das Ermittlungsverfahren. Jeder normale Mensch weiß, dass der genetische Fingerabdruck unverwechselbar ist. Nicht einmal Zwillinge besitzen dasselbe Erbmaterial, und Moritz hatte lediglich eine gewöhnliche Schwester, die als Naturwissenschaftlerin selbst am besten wusste, was genetische Unverwechselbarkeit bedeutet. Eine Verurteilung aufgrund eines solchen Beweises ist juristische Routine. Mörder legen in solchen Fällen ein Geständnis ab. Sie tun es früher oder später, aber sie gestehen auf jeden Fall. Vielleicht erleichtert es ihr Gewissen; vielleicht bitten sie auf diese Weise die öffentliche Meinung um Absolution. Aber Moritz ignorierte die Fakten. Er bestand darauf, Sibylle weder vergewaltigt noch getötet zu haben. Während das Publikum vor dem Nachmittagsprogramm saß und ein schnelles Verfahren erwartete, beteuerte Moritz seine Unschuld, mit weit geöffneten, blauen Augen, das blasse Gesicht gehärtet von der eigenen Überzeugung. Bei jeder Gelegenheit wiederholte er einen Satz, der ins Ohr ging wie ein Schlagerrefrain: »Ihr opfert mich auf dem Altar eurer Verblendung.«

Kein Mörder der jüngeren Rechtsgeschichte hatte sich jemals so verhalten. Die Bürger eines gut funktionierenden Staates sind daran gewöhnt, dass öffentliches und persönliches Wohl zur Deckung gebracht werden, auch und gerade in den finstersten Winkeln der menschlichen Existenz. Moritz' Auftritte vor Gericht verursachten einen Presseskandal. Stimmen wurden laut, die mit seiner Konsequenz sympathisierten und einen Aufschub der Urteilsvollstreckung forderten. Andere begannen ihn umso mehr zu verabscheuen, nicht nur für die Bluttat, sondern vor allem für seine Uneinsichtigkeit.

Inmitten des allgemeinen Geredes stand Mia, deren Verwandtschaft mit Moritz plötzlich zu einem dunklen Geheimnis geworden war, das die Justizbehörden schützen mussten. Tagsüber ging sie zur Arbeit und erfüllte ihre Leibesertüchtigungspflichten, abends fuhr sie heimlich ins Gefängnis. Statt zu schlafen, kotzte sie bei Nacht in eine Schüssel, die sie anschließend auf der Straße in einen Gully leerte, damit die Sensoren in der Toilette keine erhöhte Konzentration von Magensäure im Abwasser messen konnten. Kramers Berichterstattung machte selbstverständlich einen wichtigen, wenn nicht den wichtigsten Teil des medialen Diskurses aus. Er sagte und schrieb nichts anderes als das, was ein nüchterner Positivist und überzeugter Verteidiger der METHODE sagen und schreiben musste – und was er jetzt, in der Küche hantierend, für Mia wiederholt.

Keine verstiegenen Ideologien

Unsere Gesellschaft ist am Ziel«, sagt Kramer, während er den Wasserkocher befüllt. »Im Gegensatz zu allen Systemen der Vergangenheit gehorchen wir weder dem Markt noch einer Religion. Wir brauchen keine verstiegenen Ideologien. Wir brauchen nicht einmal den bigotten Glauben an eine Volksherrschaft, um unser System zu legitimieren. Wir gehorchen allein der Vernunft, indem wir uns auf eine Tatsache berufen, die sich unmittelbar aus der Existenz von biologischem Leben ergibt. Denn *ein* Merkmal ist jedem lebenden Wesen zu eigen. Es zeichnet jedes Tier und jede Pflanze und erst recht den Menschen aus: Der unbedingte, individuelle und kollektive Überlebenswille. Ihn erheben wir zur Grundlage der großen Übereinkunft, auf die sich unsere Gesellschaft stützt. Wir haben eine METHODE entwickelt, die darauf abzielt, jedem Einzelnen ein möglichst langes, störungsfreies, das heißt, gesundes und glückliches Leben zu garantieren. Frei von Schmerz und Leid. Zu diesem Zweck haben wir unseren Staat hochkomplex organisiert, komplexer als jeden anderen vor ihm. Unsere Gesetze funktionieren in filigraner Feinabstimmung, vergleichbar dem Nervensystem eines Organismus. Unser System ist perfekt, auf wundersame Weise lebensfähig und stark wie ein Körper – allerdings ebenso anfällig. Ein simpler Verstoß gegen eine der Grundregeln kann diesen Organismus schwer verletzen oder sogar töten. Zitrone?«

Mia nimmt gern einen Spritzer Zitrone, und das heiße Wasser, das Kramer ihr reicht, tut gut. Er lässt sich ihr gegenüber im Sessel nieder und pustet in seine Tasse.

»Wissen Sie, was ich damit sagen will?«

»Dass es keine rationale Möglichkeit gibt, die Glaubwürdigkeit eines DNA-Tests in Frage zu stellen«, erwidert Mia leise.

Kramer nickt.

»Der DNA-Test ist unfehlbar. Unfehlbarkeit ist ein Grundpfeiler der METHODE. Wie sollten wir den Menschen im Land die Existenz einer Regel erklären, wenn diese Regel nicht vernünftig und in allen Fällen gültig, mit anderen Worten, unfehlbar wäre? Unfehlbarkeit verlangt Konsequenz, auf die uns der gesunde Menschenverstand verpflichtet.«

»Mia«, sagt die ideale Geliebte, »der Mann spricht in Formeln. Der Mann ist eine Maschine!«

»Kann sein.«

»Gesunder Menschenverstand«, ruft die ideale Geliebte, »ist, wenn einer recht haben will und nicht begründen kann, warum!«

»Warte einen Moment.«

»Wie bitte?«, fragt Kramer.

»Was«, fragt Mia, sich ihm zuwendend, »bedeutet Unfehlbarkeit im Angesicht des Menschlichen?«

»Ich weiß, worauf Sie hinauswollen.«

»Wie«, fragt Mia, »sollen denn Regeln, Maßnahmen, Verfahren unfehlbar sein, wenn das alles doch immer nur von Menschen ersonnen wurde? Von Menschen, die alle paar Jahrzehnte ihre Überzeugungen, ihre wissenschaftlichen Ansichten, ihre gesamte *Wahrheit* austauschen? Haben Sie sich nie gefragt, ob mein Bruder nicht *trotz allem* unschuldig sein könnte?«

»Nein«, sagt Kramer.

»Warum nicht?«, fragt die ideale Geliebte.

»Warum nicht?«, fragt Mia.

»Wohin sollte diese Frage führen?« Kramer stellt seine Tasse ab und beugt sich vor. »Zu Einzelfallentscheidungen? Zu einer Willkürherrschaft des Herzens, wie sie ein König ausüben würde, der nach Belieben gnädig und streng sein kann? Wessen Herz sollte entscheiden? Meines? Ihres? Welches Recht stünde dahinter? Die Macht einer übernatürlichen Gerechtigkeit? Glauben Sie an Gott, Frau Holl?«

»Ich glaube nicht an ihn und er nicht an mich. Das beruht auf Gegenseitigkeit.«

»Und auf was will der Herr Kramer sich berufen?«, fragt die ideale Geliebte. »Auf eine rationale Objektivität, an die er selbst nicht glaubt? Und sie nicht an ihn?«

»Na ja«, sagt Mia. »Das Gefühl ist jedenfalls ein

schlechter Berater. Es besitzt *per definitionem* keine Allgemeingültigkeit.«

»Und der Verstand ist eine Illusion«, erwidert die ideale Geliebte schnell. »Nichts weiter als ein Kostüm, in das der Mensch die Summe seiner Gefühle steckt.«

»Du sprichst in romantischen Anachronismen!«, ruft Mia.

»Und du in jenen intellektuellen Sophistereien, an denen Moritz zugrunde gegangen ist!«

»Frau Holl!« Kramer winkt mit einer wohlgeformten Hand, als vertreibe er Nebelschwaden. »Hören Sie auf, mit sich selbst zu reden. Sie haben einen Menschen verloren. Nicht aber Ihre Überzeugung.«

»Eine Überzeugung, die Moritz zeit seines Lebens verachtet hat«, sagt die ideale Geliebte.

Mia wirft ihr einen warnenden Blick zu und steht auf, um ans Fenster zu treten. Es ist ein schöner Tag, ein Tag wie aus einer Werbung für eiweißhaltige Fitnessprodukte. Nur mit Mühe widersteht Mia dem Wunsch, die Vorhänge zuzuziehen. Die Sonne entdeckt halb leere Essenskartons vom Lieferservice, abgeworfene Kleidungsstücke und Staubflusen in allen Ecken. Es riecht nach zwanzigstem Jahrhundert. Mit jeder Minute scheint das helle Licht die Unordnung im Zimmer zu vergrößern.

»Ich blicke auf eine Kreuzung zwischen zwei Wegen«, sagt Mia. »Der eine Weg heißt Unglück, der andere Verderben. Entweder ich verfluche ein

System, zu dessen METHODE es keine vernünftige Alternative gibt. Oder ich verrate die Liebe zu meinem Bruder, an dessen Unschuld ich ebenso fest glaube wie an meine Existenz. Verstehen Sie?« Mit einer heftigen Bewegung dreht sie sich um. »Ich *weiß*, dass er es nicht getan hat. Was soll ich jetzt machen? Wie mich entscheiden? Für den Sturz oder den Fall? Die Hölle oder das Fegefeuer?«

»Weder – noch«, sagt Kramer. »Es gibt Situationen, in denen nicht die eine oder die andere Möglichkeit, sondern die Entscheidung selbst der Fehler wäre.«

»Soll das heißen… Sie, ausgerechnet Sie bekennen sich zu Lücken im System?«

»Selbstverständlich.« Jetzt ist sein Lächeln entwaffnend. Vom Sessel aus sieht er zu ihr auf. »Das System ist menschlich, das haben Sie eben selbst festgestellt. Natürlich weist es Lücken auf. Das Menschliche ist ein nachtschwarzer Raum, in dem wir herumkriechen, blind und taub wie Neugeborene. Man kann nicht mehr tun, als dafür zu sorgen, dass wir uns beim Kriechen möglichst selten die Köpfe stoßen. Das ist alles.«

»Die Köpfe stoßen? Mein Kopf ist bereits zerschmettert.«

»Das sehe ich anders, und zwar mit eigenen Augen.« Kramer streckt einen Arm aus und deutet genau in die Mitte von Mias Stirn. »Es gilt, sich über all das zu erheben. Trauern Sie um Ihren Bruder,

Mia. Trauern Sie nach Kräften. Und währenddessen kehren Sie zur Normalität zurück. Sie sind den Behörden auffällig geworden wegen gewisser Versäumnisse.«

»Es gibt Situationen, in denen …«, beginnt Mia, aber Kramer winkt ab.

»Sparen Sie sich die Rechtfertigungen, das haben Sie gar nicht nötig. Man wird Sie zu einem klärenden Gespräch einladen, nichts weiter. Nehmen Sie das Angebot an. Räumen Sie auf. Putzen Sie wenigstens die äußeren Zeichen der Hoffnungslosigkeit aus Ihrem Leben. Es ist immer noch *Ihr* Leben. Nehmen Sie es in die Hand.«

»Nichts anderes habe ich vor«, sagt Mia leise.

»Das freut mich sehr.« Kramer springt mit einem Elan aus dem Sessel, als wolle er sich eigenhändig an die Aufräumarbeiten machen. Mia sieht ihn misstrauisch an.

»Und Sie haben gleich einen Besen mitgebracht? Zum Zusammenkehren der Hoffnungslosigkeit?«

Sofort korrigiert Kramer seine Haltung und schiebt die Hände in die Hosentaschen.

»Was mich auf eine interessante Frage bringt«, sagt Mia. »Sie sind ein viel beschäftigter Mann. Ich glaube kaum, dass es Ihnen an kompetenten Gesprächspartnern fehlt. Planen Sie, mich zu adoptieren?«

»Mit anderen Worten«, sagt die ideale Geliebte, »was zum Teufel willst du hier?«

»Ich bin hier, um Ihnen einen Vorschlag zu machen.«

Kramer beginnt, durchs Zimmer zu schlendern, und verzichtet nicht darauf, die Fehlstandsanzeige an Mias Hometrainer abzulesen.

»Alles, was wir soeben besprochen haben, geht nicht nur Sie etwas an, sondern das ganze Land. Es wird nicht lange dauern, bis die ersten Doktorarbeiten zum Fall Ihres Bruders erscheinen – auf dem Gebiet der Rechtswissenschaft, der Soziologie, Psychologie, Politologie. Die *causa* Moritz Holl wird zu einer wahren Königin der Fußnoten avancieren. Wie kann es sein, dass die METHODE die Schuld eines Angeklagten zweifelsfrei feststellt und dieser sich trotzdem für unschuldig hält? Warum klaffen allgemeines und persönliches Wohl in einem solchen Fall auseinander? Das sind Grundfragen unseres Zusammenlebens. Grundfragen der METHODE, die immer wieder neu gestellt und behandelt werden müssen.«

Mia folgt seinem Weg mit verwundertem Blick.

»Gestellt? Behandelt? Wollen Sie mich etwa für ein – kritisches Interview?«

»Für ein differenziertes Gespräch. Ich würde Sie gern porträtieren, Mia. Für den GESUNDEN MENSCHENVERSTAND. Der Journalismus ist schon lange kein Wanderzirkus mehr, der weiterzieht, wenn das Spektakel vorbei ist.«

»Gleich lache ich laut«, sagt die ideale Geliebte. »Obwohl ich das gar nicht kann.«

»Wir könnten zeigen, welche Tragödien und Widersprüche selbst hinter einem sauberen System wie der METHODE stecken. Und warum es trotzdem notwendig ist, sich immer wieder zum Weg der Vernunft zu bekennen. Ein guter Bürger ist nicht einer, der wie ein Schaf mit der Herde trottet. Ein guter Bürger durchleidet Krisen und Zweifel, um danach nur noch fester zur gemeinsamen Sache zu stehen. Das könnten Sie den Menschen zeigen, Mia Holl. Denken Sie darüber nach. Es wäre nicht zu Ihrem Nachteil.«

»Wenn du das machst«, sagt die ideale Geliebte, »verlasse ich dich.«

»Das kannst du auch nicht«, sagt Mia. »Moritz hat dich mir geschenkt.«

Kramer hält inne.

»Beinahe können Sie einem Angst einjagen, Frau Holl.«

Durch Plexiglas

Ich wünschte, wir hätten wenigstens das noch geschafft«, sagt Mia.

Wenn wir durch das Gewebe der Zeit hindurchschauen, als wäre es ein halbtransparentes Gewand auf dem Körper des Ewigen, sehen wir Mia und Moritz, vor nicht mehr als vier Wochen, in einem kahlen Raum des Untersuchungsgefängnisses. Sie betrachten einander prüfend, als sähen sie sich zum ersten Mal.

»Was geschafft?«, fragt Moritz.

»Dir eine Frau zu suchen.«

Sie werden durch eine Plexiglasscheibe getrennt, deren Mitte ein Stern aus kleinen Löchern ziert. Durch diese Löcher können sie sich hören und, wenn sie die Gesichter der Scheibe nähern, so nah, dass gleich eine Ermahnung des Sicherheitswächters folgt, sogar riechen.

»Das macht nichts«, sagt der inzwischen vergangene Moritz. »Ich habe mir eine erfunden.«

»Eine *was*?«

»Eine ideale Geliebte. Sie ist ein bisschen launisch, aber im Großen und Ganzen kommen wir gut miteinander aus. Ich bin nicht einsam.«

Wenn Moritz sich bewegt, raschelt der weiße Papieranzug, der ihm seit sechs Monaten die Kleidung ersetzt. Er legt zwei Finger an die Scheibe, Mia berührt die Stelle von ihrer Seite. So viel lässt man ihnen durchgehen, seit Mia Koffeinpulver in kleinen Plastiksäckchen aus dem Labor mitbringt, um der Sicherheitswacht eine Freude zu bereiten. Mia und Moritz lächeln sich an. Sie haben gelernt zu lächeln, wenn sie eigentlich schreien, etwas zerschlagen oder einfach nur weinen wollen.

»Weißt du was«, sagt Moritz. »Nimm sie mit.«

»Ich soll deine imaginäre Geliebte zu mir nehmen?«

»Fänd' ich gut. Dann wäre es leichter zu glauben, dass wir uns bald wiedersehen. Die ideale Geliebte wird dich zu mir zurückführen. Kann mir nicht vorstellen, dass sie es lange bei dir aushält.«

»Für solche Spielchen fehlt mir die Einbildungskraft.«

Moritz runzelt die Stirn, wie es seine Angewohnheit ist. Dabei scheint sich das ganze Gesicht um einen Punkt zwischen den Augen auftürmen zu wollen.

»Du hast mehr als genug davon«, sagt er. »Wir sind uns ein Leben lang im Reich der Fantasie begegnet.«

»Das war *dein* Reich.«

»Es war unser Reich. Es *ist* unser Reich. Es wird für immer unser gemeinsames Zuhause sein. Vergiss das nicht.«

Eine Weile starren sie sich an wie Feinde, Cowboys auf einer Landstraße, denen der Wind das Haar in eine Richtung drückt. Ein kurzer Kampf. Mia spürt sich nachgeben. Eigentlich hat sie von Anfang an nicht mit ganzer Kraft dagegengehalten.

»Okay«, sagt sie. »Ich nehme dein weibliches Hirngespinst mit, verdammt noch mal.«

Seine Stirn glättet sich mühelos; der Geist dahinter ist gewöhnt, seinen Willen zu bekommen.

»Sie wird in deiner Wohnung auf dich warten«, flüstert er. »Du wirst dieses Geschenk noch schätzen lernen. Und jetzt … jetzt bitte ich um die Gegenleistung.«

Zwischen Mias Fingern befindet sich eine durchsichtige Schnur, die sie durch eins der Löcher fädelt. Mit kleinen Bewegungen von Daumen und Zeigefinger zieht Moritz die Schnur zu sich herüber. Das dauert eine Weile. Der Mann von der Sicherheitswacht betrachtet seine Fingernägel und gähnt. Als die Schnur auf der anderen Seite ist, stehen Mia und Moritz auf.

»Das Leben«, sagt Moritz leise, »ist ein Angebot, das man auch ablehnen kann.«

Sie stellen sich vor, einander zu umarmen, einen winzigen Abstand wahrend, gerade so, dass Brustbeine und Bäuche sich nicht berühren.

»Tschüs«, sagt Mia.

Eine besondere Begabung zum Schmerz

Sie hat es versucht. Sie hat gebrauchtes Geschirr und leere Gläser von Schränken und Regalen gesammelt und dann doch in einem Stapel auf dem Schreibtisch stehen lassen. Sie hat das Besteck zur Entnahme von Blutproben bereitgelegt, die Becher für den Urin im Bad aufgereiht und vergessen. Sie hat eine Ecke des Teppichs gesaugt und den Staubsauger hingeworfen. Sie wollte Fenster putzen und hat stattdessen eine Scheibe behaucht und mit der Fingerspitze einen Stern aus Löchern in das Kondenswasser getupft. Sie hat zwei Finger gegen das Glas gelegt und gelächelt, obwohl sie eigentlich schreien, etwas zerschlagen oder einfach nur weinen wollte. Jetzt ist das Chaos in der Wohnung größer als zuvor, und Mia liegt auf dem Sofa in den Armen der idealen Geliebten, die Augen geschlossen, als schlafe sie.

»Ich erkenne diese Wohnung nicht mehr«, sagt Mia. »Sie kommt mir fremd vor wie ein Wort, das man so lange wiederholt, bis es jeden Sinn verliert und zu einer bloßen Abfolge von Lauten wird. Auch das Vergehen der Tage ist mir fremd geworden. Ich erkenne mein Leben nicht mehr, eine bloße Abfolge von Handlungen. Alles ohne Bedeutung. Ohne Zweck.«

»Dieser Kramer ist ein Fanatiker«, sagt die ideale Geliebte und wiegt Mia wie eine Mutter.

»Ich bin eine Frau mit einem Penthouse über den Dächern der Stadt und einer besonderen Begabung zum Schmerz. Ich bin seit vier Wochen nicht mehr aus dem Haus gegangen. Das ist alles, was man über mich wissen kann. Wenn ich den Blick in mich hineinrichte und horche, ob sich dort etwas regt, ein leises Knistern oder Wispern, durch das sich die Anwesenheit meiner Persönlichkeit verrät, finde ich nichts. Ich bin ein Wort, das man so lange wiederholt hat, bis es keinen Sinn mehr ergibt.«

»Er zieht Lust aus unbedingtem Gehorsam«, sagt die ideale Geliebte. »Aus unbedingter Hingabe an das Prinzip.«

»Er hat vernünftig gesprochen.«

»Er ist ein *geschickter* Fanatiker.« Die ideale Geliebte hebt beide Hände und schüttelt sie dicht beieinander in der Luft, als wolle sie einen badenden Vogel nachahmen. Das ist ihre Art zu lachen.

Bohnendose

Zwei Sicherheitswächter in grauen Uniformen haben sie hereingebracht, sich in aller Höflichkeit für die Unannehmlichkeiten entschuldigt und beim Verlassen des Raums leise die Tür geschlossen.

Jetzt sitzt Mia mit nacktem Oberkörper und leerem Blick im Untersuchungsstuhl. Von Handgelenken, Rücken und Schläfen hängen Kabel. Ihre Herztöne, das Rauschen des Bluts in den Adern, die elektrischen Impulse der Synapsen sind zu hören – ein Orchester von Wahnsinnigen, das die Instrumente stimmt. Der Amtsarzt ist ein gutmütiger Herr mit gepflegten Fingernägeln. Er streicht Mia mit einem Scanner über den Oberarm, als wäre sie eine Bohnendose auf dem Kassenband im Supermarkt. Auf der Präsentationswand erscheint ihr Foto, gefolgt von einer langen Reihe medizinischer Informationen.

»Sehen Sie, Frau Holl, ist doch wunderbar, Frau Holl. Alles in schönster Ordnung. Kein Grund zur Veranlassung, wie ich gern sage.«

Mia schaut auf.

»Sie haben wohl geglaubt, ich sei krank? Und würde meine Untersuchungsergebnisse nicht abgeben, weil ich etwas zu verbergen habe? Sehe ich aus wie eine Kriminelle?«

Der Arzt macht sich daran, die Kabel von ihrem Körper zu entfernen.

»Alles schon vorgekommen, Frau Holl. Wahr, aber traurig, wie ich gern sage.«

Hastig zieht Mia ihren Pullover über den Kopf.

»Guten schönen Tag noch, Frau Holl!«, ruft der Arzt.

Saftpresse

Sophies Studentinnenzopf hüpft fröhlich auf und ab, während sie beim Überfliegen des medizinischen Gutachtens vor sich hin nickt. Sie ist gut gelaunt, ohne besonderen Grund. Gute Laune ist eine Angewohnheit von Sophie, so wie nervöse Menschen an den Nägeln kauen. Sophie hat Jura studiert, weil sie das Recht liebt, und daraus ist ein Beruf geworden, in dem sie etwas Sinnvolles tun kann. Die Menschen danken es ihr. Mit wenigen Ausnahmen. Mia Holl, das spürt sie genau, gehört *nicht* zu diesen Ausnahmen. Die hellen Augen und das intelligente Gesicht der Beschuldigten haben ihr gleich beim Eintreten gefallen. Vielleicht ist Mias Nase ein wenig zu groß. Zu große Nasen sprechen für einen sturen Charakter, aber das wird durch den weichen Mund, der unentwegt stumm um Frieden bittet, voll und ganz ausgeglichen. Sophie hält große Stücke auf ihre Menschenkenntnis.

»Prima«, sagt sie, klappt den Untersuchungsbericht zu und schiebt ihn beiseite. »Ganz prima.«

Es rührt Sophie, wie die Beschuldigte die Unterlippe zwischen die Zähne saugt. Mia ist ein paar Jahre älter als sie selbst und sitzt trotzdem da wie ein hilfloses Kind.

»Schön, Sie zu sehen, Frau Holl. Weniger schön, dass ich Sie vorladen musste. Sie hätten freiwillig zum Klärungsgespräch kommen sollen. Jetzt ist es eine Anhörung, und ich muss Sie über Ihre Rechte belehren. Nach Paragraf 50 Gesundheitsprozessordnung haben Sie das Recht zu schweigen. Aber ich gehe fest davon aus, dass wir uns unterhalten wollen. So ist es doch?«

Auch Sophie kann gucken wie ein Kind, und zwar wie eines, das sich versöhnen will. Vor diesem Blick können Beschuldigte gar nicht anders, als zu nicken. Das gilt auch für Mia.

»Gut«, lächelt Sophie. »Dann erzählen Sie mal, Frau Holl. Was verbinden Sie mit dem Begriff Gesundheit?«

»Der Mensch«, sagt Mia zu ihren Fingerspitzen, »ist verblüffend unpraktisch konstruiert. Im Gegensatz zum Menschen lässt sich jede Saftpresse aufklappen und in ihre Einzelteile zerlegen. Säubern, reparieren und wieder zusammenbauen.«

»Dann verstehen Sie, warum sich die öffentliche Vorsorge nicht um Saftpressen, sondern um Menschen bemüht?«

»Ja, Euer Ehren.«

»Wie kommt es dann, dass Sie sich seit Wochen sämtlichen obligatorischen Kontrollen entziehen?«

»Es tut mir leid«, sagt Mia. »In gewisser Weise.«

»In gewisser Weise?« Sophie lehnt sich zurück und zupft ihren Pferdeschwanz zurecht. »Frau Holl,

Sie werden sich nicht an mich erinnern, aber ich kenne Sie. Ich war Berichterstatterin im Prozess gegen … ich meine, wegen Moritz Holl. Die Details der Angelegenheit sind mir vertraut. Ich weiß, was Sie durchmachen.«

Eine Weile sieht Mia der Richterin starr in die Augen, dann senkt sie den Blick.

»Was passiert ist, lässt sich nicht ungeschehen machen«, sagt Sophie. »Aber die Gesundheitsordnung bietet eine Reihe von Möglichkeiten, Ihnen zu helfen. Ich kann Ihnen einen medizinischen Betreuer bestellen. Auch ein Kuraufenthalt wäre denkbar. Wir können einen schönen Ort aussuchen, in den Bergen oder am Meer. Man wird Sie dabei unterstützen, mit Ihrer Lage fertig zu werden. Anschließend werden Sie bei der Wiedereingliederung in Beruf und Alltag …«

»Nein, danke«, sagt Mia.

»Was soll das heißen – nein, danke?«

Mia schweigt. Die Richterin hat sich geirrt, als sie glaubte, dass die Beschuldigte sich nicht an sie erinnern könne. Mias Gedächtnis zeigt Sophie als eine von vielen schwarz gekleideten Puppen in den Kulissen einer Geisterbahn, ganz hinten im Windschatten des Schwurgerichts sitzend, halb verborgen vom vorsitzenden Richter, den Beisitzern und Protokollanten. Hübsch, jung, blond bezopft und gerade deshalb eine perfekte Horrorvision, wie sie mit großen Augen und betroffener Miene auf den

Angeklagten herabsieht, der seine ehemalige Körpergröße eingebüßt hat und eingefallen vor den schwarzen Puppen kauert. Die Blonde ist eine Gute, hat Moritz gesagt. Die will nichts Böses. Wahrscheinlich wollen sie alle nichts Böses. Wie würdest du entscheiden, gerade *du*, wenn du da oben säßest und ich nicht dein Bruder wäre?

»Frau Holl«, sagt Sophie und rümpft ihre niedliche Nase. »Sie sind organisch völlig gesund. Aber Ihre Seele leidet. Sind wir uns insoweit einig?«

»Ja.«

»Warum wollen Sie sich dann nicht helfen lassen?«

»Ich hielt meinen Schmerz für eine Privatangelegenheit.«

»Privatangelegenheit?«, fragt Sophie erstaunt.

»Hören Sie.«

Plötzlich greift Mia nach der Hand der Richterin, was einen Regelverstoß darstellt. Sophie zuckt zusammen und sieht sich um, bevor sie der Beschuldigten zögernd ihre Finger überlässt.

»Niemand«, sagt Mia, »kann nachvollziehen, was ich durchmache. Nicht einmal ich selbst. Wäre ich ein Hund – ich würde mich ankläffen, damit ich nicht näher komme.«

Nicht dafür gemacht, verstanden zu werden

Mias Stimme ist leise geworden, weil sie weiß, dass Sätze wie der vom kläffenden Hund nicht dafür gemacht sind, verstanden zu werden. Was sie eigentlich ausdrücken will, lässt sich schwer in Worte fassen, und angesichts der Gegenwart einer Richterin ist es gut, dass sie es nicht weiter probiert. Wenn wir es an Mias Stelle versuchen wollten, müssten wir uns ausmalen, wie sie bei Nacht die Decke vom Körper strampelt und aufsteht. Draußen verwässert erstes Morgenlicht das satte Nachtschwarz des Himmels. Es ist der Moment, in dem Gestern zu Morgen wird und es für eine kurze Zeit kein Heute gibt. Jener Moment, den alle Schlaflosen fürchten. Mia steckt in der eigenen Haut wie in einem Fangnetz. Auch im Gesicht ist es ihr zu eng geworden; mit den Fingerspitzen ertastet sie eine Miene, die sie nicht wiedererkennt, ein hässliches halbes Grinsen, nur ein Mundwinkel nach oben gezogen, es gehört nicht zu ihr.

Als sie das Schlafzimmer verlässt, bleibt sie kurz mit der Schulter am Türrahmen hängen. Wir sehen sie den Flur durchqueren und das Wohnzimmer betreten, mit der Fernbedienung die Musikanlage in Gang setzen und die Lautstärke hochfahren. Wir hören ihren Schrei nicht, sehen nur den geöffneten Mund und wie Mia stolpert, dass wir schon meinen, sie müsste stürzen. Stattdessen läuft sie zum Fenster, lässt die erhobenen Hände mit Wucht gegen die Scheibe fallen, prallt zurück und nimmt erneut Anlauf, schlägt beide Handflächen gegen das Glas. Die Musik ist so laut, dass wir auch das Splittern des Fensters nicht hören. Vom eigenen Schwung vorangetrieben, fährt Mia mit beiden Armen durch die brechende Scheibe, greift ins Leere, kippt nach vorn und hat sich gefangen, bevor ihre Brust die aufragenden Glaszacken berührt, die noch im Rahmen stecken. Sie greift in die Splitter und ballt die Fäuste, mit geschlossenen Augen, wir sehen ihre Lippen zittern und wie sie den Blick unter geschlossenen Lidern nach oben richtet. Wir sehen ihre Fingerknöchel weiß werden und das Blut zwischen den Fingern hervorrinnen, als zerdrücke sie etwas Weiches, Rotes in den Fäusten. Dann öffnet sie die Hände, schüttelt beide Arme, ein paar Glassplitter fallen zu Boden. Das Blut läuft zu den Ellbogen hinunter, als sie die aneinandergelegten Hände hebt. »Nehmt es von mir«, lesen wir von ihren Lippen, »nehmt es doch von mir!«, und sie stöhnt, als gehe es um eine gewaltige Last, die wir ihr abnehmen sollen. Immer wieder hebt sie bittend die Hände, und für eine Schrecksekunde könnten wir tatsächlich glauben, sie spräche zu uns.

Wenn wir uns nun noch vorstellen, dass Mia sich

in dieser und in allen ähnlichen Nächten eben *nicht* von der Decke frei strampelt, *nicht* aufsteht und ans Fenster tritt, kein Glas zerschlägt, sondern einfach liegen bleibt, schlaflos in der Haltung einer Schlafenden – dann wissen wir in etwa, was sie durchmacht.

Privatangelegenheit

Frau Holl«, sagt Sophie und fährt sich mit dem Handrücken über die Augen, »ich muss Sie bitten, mir zu erklären, was Sie mit *Privatangelegenheit* meinen.«

Mia springt auf und unternimmt eine Wanderung durch den Raum, als ob sie nach Fenstern suchte, die es hier nicht gibt.

»Ich will nur Ruhe«, sagt sie schließlich.

»Bitte setzen Sie sich.«

»Ich bin kein Schulmädchen. Es gibt Dinge, die brauchen Zeit. Um nichts anderes bitte ich Sie. Um Ruhe und Zeit.«

»Und ich bitte Sie, keinen Anruf beim Staatsanwalt zu erzwingen«, sagt Sophie scharf. »Setzen Sie sich.«

Als Mia gehorcht, ist die Strenge sofort wieder aus den Zügen der Richterin verschwunden. Nur für einen Moment, kurz wie ein Irrtum, hat man ein böses Gesicht gesehen.

»Passen Sie jetzt gut auf«, sagt Sophie. »Was geschähe, wenn Sie krank würden?«

»Ein Arzt würde sich um mich kümmern.«

»Und wer käme dafür auf?«

»Ich … könnte das selbst bezahlen.«

»Und wenn Sie mittellos wären? Soll die Gemeinschaft Sie verenden lassen?«

Mia schweigt.

»Wenn wir vernünftig denken«, sagt Sophie, »schuldet die Gemeinschaft Ihnen Fürsorge in der Not. Dann aber schulden Sie der Gemeinschaft das Bemühen, diese Not zu vermeiden. Ist das nachvollziehbar?«

»Ich könnte die Krankheit ertragen«, sagt Mia störrisch.

»Frau Holl«, ruft Sophie, »wissen Sie, wovon Sie da sprechen? Kennen Sie körperliche Schmerzen, die in der Lage sind, Ihnen den Verstand zu rauben? Wissen Sie, was die Leute in früheren Zeiten durchgemacht haben? Leben bedeutete, sich selbst beim langsamen Sterben zuzusehen. Jeder Schritt in die Welt konnte ein Schritt ins Verderben sein, jedes Ziehen in der Brust oder Kribbeln im Arm der Anfang vom Ende. Die Angst davor, an sich selbst zugrunde zu gehen, war den Menschen ein ständiger Begleiter. Das *Wesen* dieser Menschen war die Angst. Ist es nicht ein großes Glück, diesen Zustand überwunden zu haben?«

Mia schweigt.

»Sie stimmen mir zu, Frau Holl, das sehe ich Ihnen an. Es liegt in Ihrem Interesse, jede Form von Krankheit zu vermeiden. In dem Punkt decken sich Ihre Interessen mit jenen der METHODE, und auf diese Übereinstimmung stützt sich unser gesamtes

System. Es besteht eine enge Verbindung zwischen dem persönlichen und dem allgemeinen Wohl, die in solchen Fällen keinen Raum für Privatangelegenheiten lässt.«

»Das weiß ich doch«, sagt Mia leise.

»Dann geht es Ihnen nicht darum, die Grundsätze der METHODE in Frage zu stellen?«

»Ich bin Naturwissenschaftlerin, Euer Ehren. Niemand weiß besser als ich, dass jedes biologische Leben darauf abzielt, Wohlbefinden zu erreichen und Schmerz zu vermeiden. Nur ein System, das diesen Zielen dient, ist legitim.« Mia wischt sich die Handflächen an der Hose ab. »Ich bitte Sie aufrichtig, meine Verfassung nicht mit Querulantentum zu verwechseln. Ich bin nicht ganz bei mir. Vielleicht rede ich wirr. Aber ich bin keine Anti-Methodistin.«

Sophie zeigt wieder ihre versöhnliche Miene.

»So habe ich Sie auch nicht eingeschätzt. Ihren Antrag, bitte.«

»Ich will meine Ruhe.«

»Sind Sie ganz sicher?«

Seufzend schlägt Sophie die Akte auf und greift nach dem Bleistift. »Ich kann darauf verzichten, Sie einer Hilfsmaßnahme zuzuführen.«

»Das wäre mir die größte Hilfe.«

»Nur unter einer Bedingung.« Sophie schaut auf, den Stift im Anschlag. »Sie lassen sich ab jetzt nichts mehr zuschulden kommen.«

»Ich werde es versuchen.«

»Nein, Frau Holl. Nicht nur *versuchen*. Das hier ist eine offizielle Verwarnung. Letztverbindlich.«

Mia hebt erst eine Augenbraue, dann zwei Finger zum Schwur.

»Ich komme klar«, sagt sie.

Fell und Hörner, erster Teil

Wählen wir für ein paar Minuten die Vergangenheitsform. Anders als Mia, bereitet es uns keine Schmerzen, im Präteritum an ihren Bruder zu denken.

»Ich komme klar«, sagte Moritz.

»Du riechst komisch«, sagte Mia.

»Ich rieche *gut.* Nach Mensch.«

»Ich weiß nicht, ob das deiner zukünftigen Liebsten gefallen wird.«

»Soll ich dir ein Geheimnis verraten? Allen vergangenen zukünftigen Liebsten hat es ziemlich gut gefallen.« Er fasste sie am Arm. »Komm!«

»Moritz! Der Weg ist *hier* zu Ende.«

»Das war er schon immer. Komm schon!«

Weil Mia sich wehrte und die Fersen in den Boden stemmte, nahm Moritz die zweite Hand zu Hilfe und schleifte seine Schwester ein Stück hinter sich her, bis sie von selbst zu laufen begann. Unter tief hängenden Zweigen schlugen sie sich geduckt in die Büsche. Der Trampelpfad gehörte ihnen allein. Am Ufer des Flusses öffnete sich eine kleine Lichtung, von Baumkronen beschattet. Moritz nannte den Ort »unsere Kathedrale«. Hier wird gebetet, behauptete er gern. Darunter verstand er reden, schweigen und angeln. Mia fand das Wuchern mit Begriffen überflüssig. Sie konnte sich einfach so mit ihm unterhalten, sie musste keine Religion daraus machen.

Moritz zog die Angelschnur aus der Tasche und brach einen Ast aus dem Gebüsch. Schon hockte er im Gras und warf die Leine aus, während Mia noch damit beschäftigt war, ein Taschentuch zu entfalten, auf dem sie sich niederlassen wollte. Eine Weile schauten sie ins Wasser, das unaufhörlich vorbeizog, ohne am Fluss das Geringste ändern zu können.

»Claudia?«, fragte Mia.

»So hieß sie.«

»Und?«

»Super. Sie beherrschte *deep throat.* Weißt du, was das ist?«

»Ich will's nicht wissen!« Abwehrend wedelte Mia mit der Hand. »Wie viele gibt es eigentlich noch in deiner Immungruppe?«

»3,4 Millionen. Die Zentrale Partnerschaftsvermittlung ist die größte Puffmutter der Welt. Korrupte Hüterin am Tor des Paradieses.«

Die primitive Angel in einer Hand, breitete Moritz die Arme aus und fuhr mit zuckersüßer Frauenstimme fort:

»Treten Sie näher! Haupthistokompatibilitätskomplex der Klasse B-11. Schmale Hüften, braunes Haar, vierundzwanzig Jahre. Kerngesund. Beste Ware.«

»Und wie heißt die nächste?«

»Kristine. Ein echtes Zaubermädchen.«

»Versprich mir, dass du es ernsthaft versuchen wirst.«

»Aber auf alle Fälle.« Moritz grinste. »Ernst ist der Vorname des Vergnügens. Und wie geht's deinen sechzehnarmigen Mikroben?«

»Mikroben haben keine Arme.« Mia stieß ihn in die Seite. »Das Projekt kommt gut voran. Wenn ich erst …«

»Vorsicht!«

Mia erschrak, als er die Angel fallen ließ und sie an den Schultern packte. Am anderen Ufer raschelte es im Unterholz.

»Da!«, rief Moritz in gespielter Panik. »Ein riesiges Bakterium! Mit Fell und Hörnern!«

»Idiot.« Mia lachte und trocknete sich die Stirn. »Das war ein Reh.«

»Sag ich doch.«

»Wahrscheinlich werde ich nie kapieren, was du vom Leben willst.«

»Gut, dass du mich daran erinnerst. Ich hab was Neues. Extra für dich. Pass auf.«

Moritz zog sich den Mundschutz, der ihm um den Hals baumelte, als Stirnband ins Haar und nahm die Angel wieder auf.

»In meinen Träumen seh ich eine Stadt zum Leben«, zitierte er. »Wo die Häuser Frisuren tragen aus rostigen Antennen. Wo Eulen in geborstenen Dachstühlen wohnen. Wo laute Musik, Rauchskulpturen und das satte Klicken von Billardkugeln aus den oberen Stockwerken maroder Industrieanlagen dringen. Wo jede Laterne aussieht, als beleuchte sie einen Gefängnishof. Wo man Fahrräder zum Abstellen ins Gebüsch drückt und Wein aus schmutzigen Gläsern trinkt. Wo alle jungen Mädchen die gleiche Jeansjacke tragen und ständig Hand in Hand gehen, als hätten sie Angst. Angst vor den anderen. Vor der Stadt. Vor dem Leben. Dort laufe ich barfuß durch Baustellen und sehe zu, wie mir der Matsch durch die Zehen quillt.«

»Kindisch und grauenvoll«, sagte Mia. »Der Dichter gehört eingesperrt.«

»Schon geschehen«, sagte Moritz. »Acht Monate wegen Volksverhetzung.«

Er fummelte eine Zigarette aus der Brusttasche seines Hemds und schob sie zwischen die Lippen. Sofort schnellte Mias Hand vor und schnappte ihm die Zigarette weg.

»Woher hast du die?«

»Ach, komm, woher wohl«, sagte Moritz. »Hast du Feuer?«

Rauch

Als Driss klein war, wollte sie, wenn sie einmal groß wäre, wie die Mia werden. Jetzt ist sie groß und sitzt auf der letzten Stufe im Treppenhaus, nur zwei Schritte entfernt von Mias Wohnungstür, vor der – aus rein nostalgischen Gründen – eine Fußmatte liegt.

Driss weiß, wie sie sich hinsetzen muss, um durch das oberste Treppenhausfenster sehen zu können. Das Haus steht am Hang, sodass ihr die Stadt zu Füßen liegt. Hier oben kann man gut träumen. Für den Fall, dass sich jemand so weit hinauf verirren sollte, hat Driss einen Eimer und eine Flasche Desinfektionsmittel neben sich.

Ihre Träume sind bunt und zweidimensional wie alte Filme. Meistens spielt Mia die Hauptrolle. Heute zum Beispiel sieht Driss, wie sich Mia und Kramer hinter dieser Tür zum ersten Mal begegnen. Zuerst unterhalten sie sich über Dinge, von denen Driss nicht viel weiß, auch wenn die Pollsche regelmäßig aus dem Gesunden Menschenverstand vorliest.

Kramer erzählt Mia von seinen Erfolgen im Kampf gegen die R.A.K. Lizzies Stimme schraubt sich immer eine halbe Oktave in die Höhe, wenn etwas über die Terroristen von »Recht auf Krankheit« in der Zeitung steht. Mia hingegen bleibt ruhig und stellt nur hin und wieder eine Frage, an der Kramer erkennt, wie gut sie ihn versteht.

Dann werden die beiden still. Diesen Moment lässt Driss wieder und wieder ablaufen. In Großaufnahme und Zeitlupe kann sie verfolgen, wie Mia und Kramer auf dem Sofa einander langsam die Gesichter zuwenden. Sie blicken sich nicht in die Augen, sondern auf die Münder. Kramer legt einen Arm um Mia. Würde Driss den ihren ausstrecken, könnte sie die weiße Tür zu Mias Wohnung berühren. Sie spürt, wie sich in ihrem schmalen Nacken die Haare aufstellen, schließt die Augen und hält den Atem an. Gleich wird Kramer Mia küssen, wie es üblich ist in Filmen, in denen die Menschen noch nichts von der Verseuchung der Mundflora wissen.

Etwas kitzelt ihre Nasenflügel. Driss schlägt die Augen auf und schnuppert. Es riecht komisch. Sie schaut sich im Treppenhaus um und zieht zwei Mal scharf Luft ein. Kein Zweifel: Rauch. In Sekundenschnelle ist sie auf den Beinen und poltert die Treppe hinunter.

»Feuer!«, ruft sie. »Feuer!«

Am Ende des Flurs hinter der weißen Tür liegt Mia mit der idealen Geliebten auf der Couch, eine Zigarette zwischen den Lippen, ein abgebranntes Streichholz auf dem Oberschenkel.

»So«, sagt Mia und nimmt einen tiefen Zug, »so hat Moritz gerochen.«

»Als wäre er hier«, sagt die ideale Geliebte und streckt zwei Finger nach der Zigarette aus.

Keine Güteverhandlung

In ihrer schwarzen Robe erinnert Sophie ein wenig an eine Nonne ohne Schleier. Notgedrungen hat sie sich daran gewöhnt. Wenn sie sich die Gesetzessammlung unter den Hintern schiebt, wirkt sie wenigstens nicht mehr wie eine Nonne, die zu klein ist für ihren Stuhl.

Die Möbel in den Räumen des Gerichts sind noch immer auf stattlichere Kollegen zugeschnitten. Auch werden die ergonomischen Richtlinien für Gesundheitsschutz am Arbeitsplatz nicht konsequent erfüllt. An manchen, wenn auch seltenen Tagen hasst Sophie ihren Beruf.

Bell ist heute mager und nervös, als verstecke er einen Haufen loser Knochen unter seiner Robe, und der Vertreter des privaten Interesses sitzt in Zivil als einziger Gast auf den Besucherstühlen, von wo aus er aus dem Fenster guckt, als ginge ihn das Ganze nichts an.

Die Protokollführerin hat eine neue Frisur, mit der sie wie ihre eigene Großmutter aussieht. Sie greift nach Mias Oberarm und liest den Chip aus, der sich wie bei jedem Bürger in der Mitte des Bizeps unter der Haut befindet. Sophie benutzt ihr Rachenspray, stellt die Anwesenheit sämtlicher Prozessbeteiligter fest und eröffnet die Verhandlung mit den Worten:

»Wollen Sie mich eigentlich verarschen?«

»Nein, Euer Ehren«, sagt Mia mit unbewegtem Gesicht.

»Vor zwei Tagen haben Sie mir etwas versprochen. Können Sie sich daran erinnern?«

»Ja, Euer Ehren.«

»Wissen Sie, warum Sie *heute* hier sind?«

»Missbrauch toxischer Substanzen«, ruft Staatsanwalt Bell dazwischen. »Strafbar nach Paragraf 124 Gesundheitsordnung.«

Sophie stützt beide Hände auf das Richterpult, lehnt sich vor und fixiert Mia mit wütendem Blick.

»Das ist keine Güteverhandlung mehr«, zischt sie. »Kein Klärungsgespräch. Auch keine Anhörung. Das, Frau Holl, ist ein Strafprozess.«

Jetzt sieht man Sophies böses Gesicht länger als für einen Moment. Es passt nicht zum blonden Pferdeschwanz. Mia schweigt.

»Worüber haben wir vorgestern geredet?«

Mia schweigt.

»Halten Sie mich für dumm? Glauben Sie, Spielchen mit mir treiben zu können? Frau Holl? Antworten Sie!«

Mia versucht es. Sie schaut auf, füllt die Lungen mit Luft und öffnet den Mund. Schon der netten Sophie zuliebe würde sie gern die richtige Antwort geben. Aber sie kennt die richtige Antwort nicht, und über diesen Umstand erschrickt sie so sehr, als falle ihr in dieser Sekunde zum ersten Mal auf, dass sich in ihrem Leben etwas Grundlegendes geändert hat. Denn in Mias Welt gab es Antworten auf alle Fragen, genauer gesagt, *eine* richtige Antwort auf *jede* Frage. Was es hingegen nicht gab, waren Situationen, in denen sich der Inhalt ihres Kopfes in warmes Wasser verwandelte.

»Moritz«, sagt sie und glaubt, die eigene Stimme aus einer völlig anderen Ecke des Raums zu hören, »hat mir einmal erklärt, dass das Rauchen einer Zigarette wie eine Zeitreise sei. Es versetze ihn in Räume, in denen er sich … frei fühle.«

»Antrag!«, ruft Bell. »Ich bitte, diese Aussage in die persönliche Akte aufzunehmen.«

»Abgelehnt«, sagt Sophie. »Lassen Sie die Angeklagte ausreden.«

»Euer Ehren«, sagt Bell mit jenem süffisanten Grinsen, das er schon bei Diskussionen im juristischen Seminar für Sophie bereithielt, »folgen wir hier gemeinsam dem Procedere nach GStPO?«

»Unbedingt«, sagt Sophie. »Ich werde Sie nach Paragraf 12 GStPO wegen Beleidigung des Gerichts ermahnen, wenn Sie meine Befragung der Angeklagten ein weiteres Mal unterbrechen.«

Bell presst die Lippen zusammen, als hätte er auf etwas Bitteres gebissen, das er aus Höflichkeit nicht auszuspucken wagt.

Sophie massiert sich den Nacken und nickt Mia zu, damit sie weiterspricht.

»Da ist dieses Bedürfnis, ihm nahe zu sein«, sagt Mia. »Als wäre der Tod nur ein Zaun zwischen den Menschen, der sich mit ein paar Tricks überwinden lässt. Ich kann Moritz sehen, obwohl er tot ist, ich kann ihn hören, mit ihm reden. Ich verbringe mehr Zeit mit ihm als früher. Ich muss dauernd an ihn denken, ich kann nichts ohne ihn tun. Die Zigarette schmeckte nach ihm. Nach seinem Lachen, seiner Lebenslust. Seinem Freiheitsdrang. Und jetzt sitze ich hier vor Ihnen. Fast wie er damals.« Mia lacht. »Dass ich ihm dermaßen nahe kommen würde, habe ich natürlich nicht erwartet.«

»Frau Holl«, sagt Sophie, merklich ruhiger. »Ich setze die Verhandlung aus und bestelle Ihnen einen Pflichtverteidiger. So, wie Sie auftreten, wäre es blanker Irrsinn, Sie fortfahren zu lassen. Wegen Missachtung meiner Verwarnung werden allerdings die zuvor begangenen Ordnungswidrigkeiten fällig. Ihr Antrag, Herr Staatsanwalt?«

Aufgescheucht blättert Bell durch seine Handakte und wird offensichtlich auf die Schnelle nicht fündig.

»Geldstrafe in Höhe von fünfzig Tagessätzen«, sagt er schließlich.

»Zwanzig«, korrigiert Sophie. »Die Verhandlung ist geschlossen.«

Nachdem die beiden schwarzen Puppen den

Raum verlassen haben, bleibt Mia allein auf der Anklagebank zurück. Hinter ihr im Besucherraum erhebt sich der Vertreter des privaten Interesses, tritt vor und wartet darauf, dass Mia ihn ansieht.

»Rosentreter«, sagt er. »Ich bin Ihr neuer Anwalt.«

Ein netter Junge

Ohne Zweifel, er ist ein netter Junge. Ein wenig zu groß gewachsen, mit etwas zu langen Haaren, die er sich ständig aus der Stirn streicht. Überhaupt sind seine Finger pausenlos in Bewegung. Sie untersuchen Gegenstände, die sich in seiner Nähe befinden, vergewissern sich, ob seine Kleidung richtig sitzt, verschwinden für kurze Augenblicke in den Hosentaschen und kommen gleich wieder hervor, um einem Gesprächspartner auf die Schulter zu klopfen, allerdings ohne diese Schulter wirklich zu berühren. Rosentreters Finger wirken wie ein Hilfstrupp der medizinischen Vorsorge – immer unterwegs, um ein Problem zu lösen. Momentan sind sie damit beschäftigt, die Tischkante zu betasten, weshalb Rosentreter gebückt steht, als wäre ihm übel.

»Es ist mir eine Ehre. Und das sage ich nicht nur so dahin.«

»Ich wüsste nicht, was an einem solchen Mandat ehrenhaft sein soll.« Mia schaut zur Seite, um ihm nicht auf die Gürtelschnalle zu starren. Rosentreter macht einen Schritt nach links und zwei nach rechts, entscheidet sich für einen Stuhl und schiebt ihn heran, sodass er Mia an der Anklagebank gegenübersitzt.

»Erst einmal: Mein Beileid, Frau Holl. Ich bewundere Ihre Haltung. Die letzten Monate müssen die Hölle für Sie gewesen sein.«

»Wenn meine Haltung so bewundernswert wäre, säßen wir jetzt nicht hier.«

»Alles hat Vorteile!« Rosentreter lacht und verstummt wieder, als ihm klar wird, dass Mia diese Sichtweise aus guten Gründen nicht teilt.

»Das hier«, beginnt er von Neuem und umfasst den Raum mit einer weiten Armbewegung, »dürfen Sie nicht so ernst nehmen. Das sind Abläufe. Procedere. Bürokratische Verfahren, die durch bestimmte Verhaltensweisen wie auf Knopfdruck in Gang gesetzt werden. Das hat mit Ihnen persönlich nicht viel zu tun.«

Mia beobachtet ihn, wie er seine Aktentasche auspackt, um ihr die Anwaltsvollmacht zur Unterschrift vorzulegen. Als ihm dabei ein Bündel Stifte zu Boden fällt, huscht ein Lächeln über ihr Gesicht.

»Sehen Sie«, sagt Rosentreter und richtet sich mit rotem Kopf wieder auf. »Ein Gericht, an dem jemand wie ich arbeitet, kann so schlimm nicht sein. Übrigens kannte ich Ihren Bruder.«

Mia, die gerade ihre Unterschrift leisten wollte, hält inne.

»Waren Sie etwa auch ein Funktionär im Heer der schwarzen Puppen?«

»Ich bin doch Strafverteidiger!« Rosentreters Hände flattern wie aufgeschreckte Vögel durch die

Luft. »Vertreter des *privaten* Interesses. Als solcher prüfe ich auch den monatlichen Methodenschutzbericht für diesen Gerichtsbezirk. Und, was soll ich sagen?«

Eine Weile schaut er Mia an, als warte er tatsächlich darauf, dass sie ihm verrät, was er sagen soll. Seine Augen zwinkern, weil ihn die Stirnhaare kitzeln.

Unter normalen Umständen würde Mia ihn hassen. Er gehört zu einer Sorte von angeblich liebenswerten Tölpeln, die ihr den letzten Nerv rauben. Leute wie Rosentreter tragen Fotos von ihren Kindern in der Brieftasche und zeigen sie in der Schlange vor der Supermarktkasse herum. Sie kommen zu spät zu Verabredungen, weil sie unterwegs einem verirrten Passanten helfen mussten, damit er nicht zu spät zu seiner Verabredung kommt. Auf die Frage nach dem Sinn des Lebens fragen sie zurück, ob »Sinn« nicht eine alte chinesische Währung sei. Das halten sie für witzig. Eigentlich mag Mia nur Leute mit Verstand und dem Willen, diesen möglichst effizient einzusetzen. Sie teilt die Menschheit in zwei Gruppen: Professionelle und Unprofessionelle. Rosentreter gehört eindeutig zur zweiten Kategorie. Kein Heulen, kein Schreien, kein Albtraum bei Nacht könnte so viel über Mias Seelenzustand aussagen wie die Tatsache, dass Rosentreters Gegenwart ihr trotzdem angenehm ist. Sie spürt, wie sie sich mit jedem Atemzug weiter entspannt.

»Ich kannte Moritz nicht persönlich«, sagt Rosentreter schließlich. »Nur in seiner virtuellen Existenz. Verstehen Sie?«

»Kein Wort. Ich bin nicht aus Ihrer Branche. Reden Sie Klartext.«

»Natürlich, genau. Ganz einfach. Ihr Bruder stand auf der Schwarzen Liste.«

»Was soll das heißen?«

»Hier und hier.« Rosentreter tippt auf die Anwaltsvollmacht, die Mia endlich unterschreibt. »Der Methodenschutz ließ ihn beobachten.«

»Das ist absurd. Sie müssen sich irren. Moritz ein Methodenfeind? Das ist…« Mia lacht. »Das ist, als wollten Sie ein Reh im Wald für einen Riesenbazillus mit Fell und Hörnern halten.«

»Wie bitte?«

»Vergessen Sie's. Vielleicht war Moritz ein Kindskopf. Mit Sicherheit ein Freigeist. Aber er hätte sich niemals einer Gruppe angeschlossen. Schon gar nicht irgendeiner schmuddeligen Widerstandsclique.«

»Schmuddelig, genau«, sagt Rosentreter beschwichtigend. »Warum reden wir überhaupt darüber? Wir sollten gar nicht darüber reden. Nur noch ein paar Worte, weil es zu meiner Pflicht gehört, Sie vollständig aufzuklären. Unser Rechtssystem ist in manchen Punkten ein wenig überempfindlich. Bekommt ein Fall eine methodenschutzrechtliche Komponente, gerät er gewissermaßen in eine andere

Spur.« Plötzlich sieht Rosentreter nicht mehr aus wie ein zu groß geratener Junge, sondern wie ein erwachsener Mann, der sich Sorgen macht. »Können Sie mir folgen? *Deshalb* hat die Richterin Ihre Verhandlung unterbrochen.«

»Machen Sie sich nicht lächerlich.«

»Ich will's versuchen«, sagt Rosentreter und hat schon wieder die spitzbübische Miene aufgesetzt.

»Dann probieren Sie als Erstes, sich wie ein normaler Anwalt zu verhalten. Welche Prozessstrategie schlagen Sie vor?«

»Zunächst werden wir die zwanzig Tagessätze anfechten.«

»Warum? Die Geldstrafe kann ich mir leisten. Wahrscheinlich liegt die Summe nicht wesentlich über Ihrem Beratungshonorar. Da gebe ich das Geld doch lieber gleich dem Gericht. Ich habe die Ordnungswidrigkeiten begangen. Also zahle ich und Schluss.«

»Diese Einstellung ehrt Sie. Aber so läuft es nicht. Das Recht ist ein Spiel, bei dem alle mitspielen müssen. Ich bin Ihr Verteidiger, und als solcher werde ich Sie verteidigen.«

»Gegen wen oder was, Herr Rosentreter?«

»Gegen die Anschuldigungen der Staatsanwaltschaft und das Ansinnen des Gerichts, Sie für eine besonders schwierige Lebenssituation haftbar zu machen.«

»Da verteidige ich mich lieber selbst.«

»Und wie, wenn ich fragen darf?«

»Durch Nichtstun und Schweigen.«

»Sie sind nicht bei Trost. Sie begreifen nicht, mit wem Sie es zu tun haben. Man wird Ihnen vorwerfen, sich gegen die METHODE zu wenden.«

Mia schüttelt den Kopf und richtet einen Zeigefinger auf Rosentreters Kinn. »Sie reden wie ein Sechzehnjähriger. Die METHODE, das sind wir selbst. Sie, ich, alle. Die METHODE ist die Vernunft. Der GESUNDE MENSCHENVERSTAND. Ich wende mich nicht gegen die METHODE. Das habe ich der Richterin gesagt, und jetzt sage ich es Ihnen. Zum letzten Mal: Ich will meine Ruhe. Das ist alles. Ich komme wieder auf die Beine.«

»Wann? Bis morgen früh?«

»Vielleicht nicht ganz.«

»Dann brauchen Sie mich.«

»Haben Sie keine anderen Mandanten?«

»Reichlich.«

»Was wollen Sie dann von mir?«

»Ihnen helfen. Ich gehöre zu den Leuten, die ihre Arbeit ernst nehmen. Was Ihnen zugestoßen ist, Mia Holl, reicht mühelos für die Begründung eines Härtefalls. Das kann Ihnen jeder Jurastudent im ersten Semester bestätigen. Eins wollen wir doch mal festhalten.« Er beugt sich vor und klopft in die Luft über Mias Schulter. »Sie tragen keine Schuld. Nicht einmal an der albernen Zigarette. Ich werde nicht zulassen, dass man weiter auf Ihnen herumhackt.«

Weil er so verdammt recht hat oder weil Mia wünscht, er möge verdammt noch mal recht haben, bekommt sie plötzlich Lust zu weinen.

»Danke«, sagt sie und räuspert sich. »Herumhacken trifft den Nagel auf den Kopf. Also sind wir uns in diesem Punkt einig. Ich will keinen Stress. Ich brauche Zeit zum Nachdenken, mehr nicht.«

»Genau, haargenau«, strahlt Rosentreter. »Dafür haben Sie mich. Einen harten Kerl für die Drecksarbeit.« Und fügt hinzu, weil Mia nicht lacht: »Das sollte ein Witz sein. Bitte noch einmal unterschreiben. Hier und hier. Das Formular für die Anfechtung.«

Wächter

»Mia!«, ruft Driss.

»Frau Holl«, sagt die Pollsche, »wir wollten kurz …«

»Jetzt bleiben Sie wenigstens mal stehen!«, ruft Lizzie wütend.

Mia hat es eilig, in ihre Wohnung zu kommen. Sie trägt in jeder Hand eine Einkaufstüte, hat die Barriere aus Putzeimern durchbrochen und will schon die Treppe hinauf, als Lizzie sie am Arm packt.

»Hier kann man nicht einfach weglaufen!«

»Mia«, sagt Driss, »es tut mir so leid. Das hab ich nicht gewollt. Ich hab doch gedacht, es brennt!«

»Dass Sie bloß nicht glauben, hier wird denunziert«, fügt die Pollsche hinzu.

»Wir wollen nur helfen«, sagt Lizzie. »Also, Frau Holl, wenn wir irgendwie helfen können …«

Mia versucht, mit einem Ausfallschritt an den Nachbarinnen vorbeizukommen. »Danke. Sehr freundlich. Nicht nötig.«

»Doch«, sagt die Pollsche.

»Das ist nötig, Frau Holl«, sagt Lizzie. »In einem guten Haus wie diesem kümmert man sich umeinander. Besonders, wenn es einem Mitglied der Gemeinschaft mal schlecht geht.«

»Mia«, sagt Driss, »das ist alles nur ein Missverständnis.«

Driss hätte Mia gern die Einkäufe in die Wohnung getragen. Sie hätte ihr gern ein heißes Wasser gemacht und alles erklärt. Dass sie die größte Bewunderin ist von Mia Holl und Heinrich Kramer. Dass sie Mia nur retten wollte vor dem Brand in ihrer Wohnung. Ihre Augen sind spiegelblank vor Verzweiflung.

»Ich fürchte«, sagt Mia zu Driss, »das ist kein Missverständnis.« Und zu den anderen: »Vielen Dank, die Damen, ich möchte jetzt in meine Wohnung.«

»Ihre Wohnung gehört auch zum Haus.«

»Zu einem Wächterhaus.«

»Das auch ein Wächterhaus bleiben soll.«

»Wenn wir uns da verstanden haben.«

Lizzie fasst noch einmal nach, als Mia ihren Ärmel befreien will. Mia rafft ihre Tüten an sich und stößt mit der Schulter nach Lizzie. Der Stoß gerät ein wenig zu heftig. Lizzie hat die Füße auf zwei verschiedenen Stufen, ringsum die Eimer, sie stürzt mit Getöse, Putzwasser läuft in kleinen Wasserfällen die Treppe hinunter, während Mia aufwärts flieht.

Das wirst du büßen, das wirst du büßen, hallt es durch Mias Kopf, obwohl niemand etwas Derartiges zu ihr gesagt hat.

In der Kommandozentrale

Ihren Körper hat Mia nie geachtet oder gar geliebt. Der Körper ist eine Maschine, ein Fortbewegungs-, Nahrungsaufnahme- und Kommunikationsapparat, dessen Aufgabe vor allem im reibungslosen Funktionieren besteht. Mia selbst befindet sich oben in der Kommandozentrale, schaut durch Augenfenster hinaus und belauscht durch Ohrenlöcher ihre Umgebung. Tagein, tagaus gibt sie Befehle, die der Körper bedingungslos auszuführen hat. Zum Beispiel den Befehl, Sport zu treiben.

Der Hometrainer hat in den vergangenen Wochen einen Rückstand von 600 Kilometern angesammelt. Mia tritt in die Pedale und denkt an – was? Gehen wir der Einfachheit halber davon aus, dass sie an Moritz denkt. Die Wahrscheinlichkeit, dass wir richtig liegen, ist sehr hoch. Mia selbst kommt es vor, als hätte sie noch nie so viel an ihn gedacht wie jetzt nach seinem Tod. Sie fragt sich, ob das normal ist. Oder ob sie krampfhaft versucht, den toten Bruder mit der Kraft ihres Geistes am Leben zu halten. Vielleicht versucht sie auch gar nicht, ihren Bruder am Leben zu halten, sondern die restliche Welt, von der Mia inzwischen glaubt, dass sie nur fortbestehen kann, solange Moritz in ihr atmet, redet, isst und lacht.

Eins hat Mia verstanden: Die Kommandozentrale kann dem Körper Befehle erteilen, aber nicht sich selbst. Der Kopf kann dem Kopf das Denken nicht verbieten. Seit der Begegnung mit Rosentreter ist sie trotzdem überzeugt, dass sie eine Chance hat. Wenn ein großer Säugling wie ihr neuer Anwalt das Leben meistert, sollte sie dazu erst recht in der Lage sein. Sie tritt schneller in die Pedale. Der zwanzigste virtuelle Kilometer liegt bereits hinter ihr. Sie muss nur lernen, an Moritz zu denken, *während* sie ihren Alltag bewältigt. Und nicht *stattdessen.*

»Sieben Einheiten Proteine.« Die ideale Geliebte liegt auf der Couch und kramt in Mias Einkaufstüten. »Zehn Kohlehydrate. Drei Obst und Gemüse. Perfekt. Da sind wir wohl auf dem Weg der Besserung?«

»Wenn ich hier fertig bin«, schnauft Mia, »werde ich aufräumen und putzen. Du wirst sehen. In ein paar Tagen gehe ich wieder zur Arbeit.«

»Gute Vorsätze«, meint die ideale Geliebte, »sind ein merkwürdiges Phänomen. Durch ihre Existenz beweisen sie die eigene Ungültigkeit.«

»Ein Hauch Optimismus wäre nützlicher. Das Recht ist ein Spiel, bei dem jeder mitspielen muss. Das könnte von Moritz sein, findest du nicht?«

»Nein. Moritz ging es immer darum, Herr seines eigenen Spiels zu sein.«

»Gut möglich.« Mia wischt sich mit dem Ärmel den Schweiß von der Stirn. »Aber er muss sich wohl damit abfinden, von den Hinterbliebenen neu interpretiert zu werden. Das ist der Preis des Nicht-mehr-Mitspielens.«

»Wir sollten die Metapher wechseln«, sagt die ideale Geliebte und tut so, als würde sie die Aufschrift einer Protein-Tube vorlesen: »Ein Irrtum deckt den Tagesbedarf an Selbstbetrug für eine erwachsene Person.« Sie schaut Mia an. »Die Wahrheit lautet: Das ist kein Spiel.«

»Was meinst du?«

»Du glaubst doch nicht im Ernst, dass dieser Rosentreter und ein bisschen Sport den Riss kitten, der quer durch dein Innerstes verläuft? Dieser Riss liegt tiefer, Mia. Er ist nicht einmal dein persönliches Problem. Er entstand an dem Tag, als dieses Land auf die Idee kam, sich den Luxus von individuellen Krankheitsgeschichten nicht mehr leisten zu können. Was dich von innen vergiftet, ist die faule Stelle in der Mitte des Systems.«

»Ich respektiere, dass du Moritz vertrittst und sein Andenken bewahrst«, sagt Mia. »Das ist dein Job. Aber erzähl mir nichts über mein Inneres. Das hat schon Moritz nicht verstanden. Er hielt mich für schwach und angepasst.«

»Und was bist du wirklich?«

»Zu klug für den Narzissmus des Widerstands.«

»Weil das Menschliche ein dunkler Raum ist, in dem ihr Sterblichen herumkriecht wie Kinder, auf die man aufpassen muss, damit sie nicht ständig mit den Köpfen aneinanderschlagen?«

»In etwa. Woher hast du das? Kommt mir bekannt vor.«

»Von deinem neuen Freund. Heinrich Kramer.«

»Vielleicht haben wir uns in ihm getäuscht«, sagt Mia. »Er ist eine Medienfigur. Vielleicht verbirgt sich dahinter eine ganz andere Person.«

»Kommst du mir jetzt mit Schein und Sein? Willst du mir erzählen, dass hinter dem *scheinbaren* Kramer, der die Verurteilung eines Unschuldigen betrieben hat, ein *echter* Kramer steckt, der völlig anders dachte? Oder der das alles nicht so *gemeint* hat?«

»Was hast du denn?« Mia unterbricht ihre hektische Pedalarbeit. »Ich will nicht streiten.«

»Was mit Moritz geschehen ist, kann nur richtig sein *oder* falsch«, sagt die ideale Geliebte scharf. »Es gibt kein Dazwischen. Du wirst dich entscheiden müssen, Mia-Kind. Komm her.«

»Ich bin noch nicht fertig.«

»Du sollst herkommen!«

Zögernd steigt Mia von ihrem Hometrainer und nähert sich der Couch. Die ideale Geliebte wischt mit einer Armbewegung die Einkäufe zu Boden und schaltet das Fernsehen an.

Recht auf Krankheit

Das muss man sich auf der Zunge zergehen lassen: R.A.K. steht für Recht auf Krankheit. Eine Forderung, die dem Gesunden Menschenverstand aufs Radikalste widerspricht.«

Der Moderator ist halb so alt wie Kramer und halb so berühmt, und er heißt Würmer. Das alles sieht man ihm an. Neben Kramer wirkt er wie der nervöse Chef einer Schülerzeitung. Seine ganze Karriere hat er der Aufgabe gewidmet, in die Fußstapfen seines Gastes vom heutigen Abend zu treten. Seit Kurzem moderiert er eine eigene Talkshow: Was Alle Denken. Er hat Kramer eingeladen, und Kramer hat zugesagt. Das ist der größte Tag in Würmers bisherigem Leben.

»Als Experte für Anti-Methodismus«, fährt Würmer fort, »muss man doch unter dem Gefühl leiden, sich mit einer Gruppe von Geisteskranken herumzuschlagen. Wird man da nicht selbst verrückt?«

»Ganz und gar nicht.« Kramers linker Arm hängt entspannt über der Sessellehne. In der rechten Hand dreht er ein Glas Wasser und blickt ab und zu hinein, als könnte er in der kristallklaren Flüssigkeit die Zukunft lesen. »Die Angehörigen der R.A.K. sind keine Geisteskranken. Nicht einmal Außenseiter, Gescheiterte oder Unterprivilegierte. Wir haben es mit normalen, durchaus intelligenten Menschen zu tun. Die R.A.K. ist keine Form organisierter Kriminalität, sondern ein Netzwerk. Die Methodenfeinde stehen in lockerer Verbindung zueinander, was die Bedrohung noch größer macht. Zufälligkeit und Chaos in der Struktur verschafft der Gesamtbewegung fast eine Art Unangreifbarkeit.«

»Unheimlich«, sagt Würmer. »Wie können sich in einer vernünftigen Gesellschaft derart irrationale Strömungen entwickeln? Das klingt so verdammt nach zwanzigstem Jahrhundert. Sagen Sie uns, Herr Kramer, was sind das für Leute?«

»Mit dem zwanzigsten Jahrhundert liegen Sie gar nicht so falsch.« Kramer nimmt einen Schluck Wasser und nickt der hübschen Produktionsassistentin zu, die sogleich herbeieilt, um sein Glas wieder aufzufüllen.

»Mach das aus«, sagt Mia. »Mit R.A.K.-Hysterie kann ich nichts anfangen.«

»Hier geht's nicht um Hysterie«, sagt die ideale Geliebte. »Hier geht's um deinen neuen Freund.«

»Was die Anti-Methodisten kennzeichnet«, sagt dieser gerade, »ist ein reaktionärer Freiheitsglaube, der seine Wurzeln tatsächlich im zwanzigsten Jahrhundert hat. Sämtliche Ideen der R.A.K. beruhen auf einem Missverständnis der Aufklärung.«

»Aber die METHODE begreift sich doch selbst als eine logische Folge der Aufklärung!«

»Das macht die Sache ja so kompliziert. Sie müssen sich vorstellen, dass nicht wenige Anti-Methodisten ursprünglich überzeugte Anhänger der METHODE gewesen sind.«

»Sie stammen also aus der Mitte unserer Gesellschaft?«

»Gewiss.« Kramers Blick richtet sich in die Kamera und scheint sich direkt an Mias Gesicht zu heften. »Das sind Menschen wie du und ich. Auch sie haben begriffen, dass Freiheit kein Synonym für Verantwortungslosigkeit ist. Aber der Irrtum der R.A.K. liegt darin, einen Krebspatienten, der sich täglich selbst beim Sterben zusieht, als *frei* zu bezeichnen. Einen Menschen, der am Ende nicht mehr in der Lage ist, das Bett zu verlassen.«

»Das ist blanker Zynismus«, sagt Würmer mit abwehrend erhobenen Händen.

»Methodenfeinde sind Zyniker. Nur, und dieses Detail ist mir wichtig, nicht aus Bösartigkeit, sondern aus Unwissen. Der methodenrechtliche Anspruch auf Gesundheit ist eine der größten Errungenschaften der Menschheit. Das heißt jedoch auch, dass beispielsweise eine Frau, die vor vierunddreißig Jahren geboren wurde, keine persönlichen Erinnerungen an körperliches Leiden besitzt. Sie kann sich heute nicht mehr vorstellen, was die Sterbestatistiken aus dem Jahr 2009 bedeuten. Für sie ist Krankheit ein historisches Phänomen.«

»*Ich* wurde vor vierunddreißig Jahren geboren«, sagt Mia.

»So ein Zufall«, sagt die ideale Geliebte.

»Ich verstehe, worauf Sie hinauswollen«, sagt der Moderator, beginnt zu nicken und will gar nicht mehr damit aufhören. »Ausgerechnet das perfekte Funktionieren der METHODE führt also dazu, dass man ihren Sinn vergisst.«

»Nun malen wir uns aus, wie diese vierunddreißigjährige Frau plötzlich in eine schwierige emotionale Situation gerät. Ihre persönlichen Bedürfnisse scheinen mit einem Mal den Anforderungen der METHODE zu widersprechen. Jeder von uns ist Egoist, und eine gelegentliche Kollision unserer Wünsche mit der allgemeinen Übereinkunft kann als alltäglich gelten. Gerade ein intelligenter Mensch gesteht sich aber nicht gern ein, dass er sich in einer völlig banalen Konfliktsituation befindet, die nur durch ein ebenso banales Bezwingen seiner momentanen Verwirrung lösbar wäre. Stattdessen erhebt er seine Lage zum Grundsatzproblem. Statt an sich selbst zu zweifeln, zweifelt er am System.«

»So etwas Ähnliches habe ich Moritz immer vorgehalten«, sagt Mia gequält.

»Genau deshalb guckst du dir das jetzt an.« Die ideale Geliebte umklammert die Fernbedienung mit beiden Händen. »Es ist an der Zeit, dass du dich für eine Seite entscheidest.«

»Was willst du von mir hören? Dass Kramer

ein Scharfmacher ist? Bitte sehr! Ist er! Der Teufel wohnt nicht in Kramer. Der Teufel wohnt in der Tatsache, dass Kramer genauso sehr recht oder unrecht hat wie seine Gegner!«

»Psst«, macht die ideale Geliebte.

»Und diese exemplarische Zweiflerin«, fragt Würmer, »gerät auf die schiefe Bahn?«

»Sie gerät in einen Teufelskreis. Mit jeder inneren oder äußeren Bewegung, die sich gegen die METHODE richtet, löst sie eine Reaktion aus, die ihren Zweifeln recht zu geben scheint. So ist das menschliche Leben: Ein Fingerschnippen, und man befindet sich außerhalb der Normalität. Es gibt ja umfangreiche Studien zum Zusammenhang zwischen dem allgemeinen und dem persönlichen Wohl…«

»Unter anderem von Ihnen«, unterbricht der Moderator und hebt ein Buch in die Kamera: Heinrich Kramer, Gesundheit als Prinzip staatlicher Legitimation, Berlin, München, Stuttgart, 25. Auflage. Auf einen ungeduldigen Wink seines Gastes legt er das Buch wieder beiseite. Die Gesamtauflage ist hoch genug, um dem Autor Bescheidenheit zu erlauben.

»Die METHODE«, fährt Kramer fort, »definiert die Übereinstimmung von allgemeinem und persönlichem Wohl als ›normal‹. Wer sich selbst nicht als normal in diesem Sinne begreift, wird es auch in den Augen der Gesellschaft nicht sein. Außerhalb der Normalität herrscht Einsamkeit. Unsere frischgebackene Anti-Normalistin verspürt den Wunsch nach neuen Allianzen. Diese findet sie bei den Anti-Methodisten.«

»Es ist verblüffend, wie Sie eine hochkomplexe Materie zu einfachen Erkenntnissen ordnen.« Die Begeisterung für Kramer treibt Würmer fast von seinem Stuhl. »Sagen Sie uns noch eins. Müssen wir mit einem rapiden Anwachsen von Anti-Methodismus rechnen, je weiter wir uns von den historischen Anfängen entfernen?«

»In der Tat. Damit rechnen wir, und darauf sind wir vorbereitet. Es wäre reine Dummheit, den Grad der Bedrohung zu unterschätzen. Wir dürfen nicht vergessen, welche Umstände den Anstoß zur Entwicklung der METHODE gaben.«

Mit dem Daumen deutet Kramer hinter sich, wo er anscheinend die Vergangenheit vermutet. Dazu nickt er bedeutsam, weil er an ein paar unangenehme Tatsachen erinnern will.

»Nach den großen Kriegen des zwanzigsten Jahrhunderts hatte ein Aufklärungsschub zur weitgehenden Entideologisierung der Gesellschaft geführt. Begriffe wie Nation, Religion, Familie verloren rapide an Bedeutung. Eine große Epoche der Abschaffung begann. Zur Überraschung aller Beteiligten fühlten sich die Menschen zur Jahrtausendwende jedoch nicht auf einer höheren Zivilisationsstufe, sondern vereinzelt und orientierungslos, sprich:

nah am Naturzustand. Man redete ununterbrochen vom Werteverfall. Man hatte jede Selbstsicherheit verloren und fing an, einander wieder zu fürchten. Angst regierte das Leben der Einzelnen, Angst regierte die große Politik. Es war übersehen worden, dass auf jede Abschaffung eine Neuschaffung folgen muss. Was waren die konkreten Folgen? Geburtenrückgang, die Zunahme stressbedingter Krankheiten, Amokläufe, Terrorismus. Dazu eine Überbetonung von privaten Egoismen, das Schwinden von Loyalität und schließlich der Zusammenbruch der sozialen Sicherungssysteme. Chaos. Krankheit. Verunsicherung.«

Ein Schatten dieses Andenkens huscht auch über Kramers Miene, obwohl er diese Zeit nur aus den Erzählungen seiner Eltern kennt.

»Die METHODE hat sich der Probleme angenommen und sie gelöst«, fährt er fort. »Daraus folgt logisch: Wer die METHODE bekämpft, ist ein Reaktionär. Er will zu einem Zustand gesellschaftlicher Auflösung zurück. Er wendet sich nicht abstrakt gegen eine Idee, sondern ganz konkret gegen das Wohlbefinden und die Sicherheit eines jeden von uns. Anti-Methodismus ist ein kriegerischer Angriff, dem wir mit Krieg begegnen werden.«

Während das Studiopublikum begeistert applaudiert und sich die beiden Herren von ihren Sesseln erheben, gelingt es Mia endlich, Gewalt über die Fernbedienung zu erlangen und auszuschalten.

»Und«, fragt die ideale Geliebte, »hast du's begriffen?«

»Was?«

»Dein neuer Freund meint dich.«

Das Ende vom Fisch

Sie hatten sich oft gestritten, aber an jenem Tag, den Mia im Rückblick als den Beginn des Verhängnisses identifiziert, war es ein ernsthafter Streit. Wie jede Woche gingen sie spazieren, und wie jede Woche absolvierten sie ihr Ritual an der Grenze des Sperrgebiets. Moritz blieb am Ende des Weges vor dem Warnschild stehen, breitete die Arme aus und las den Text vor:

»Hier endet der nach Paragraf 17 Desinfektionsordnung kontrollierte Bereich. Verlassen des Hygienegebiets wird nach Paragraf 18 Desinfektionsordnung als Ordnungswidrigkeit zweiten Grades bestraft.« Dann fügte er hinzu: »Das Nicht-Verlassen des Hygienegebiets wird jedoch als Idiotie ersten Grades mit äußerer Versteinerung und innerer Totalverblödung bestraft. Auf geht's, Mia Holl.«

Sie versuchte zu fliehen, er fing sie ein und hob die heftig Strampelnde in die Luft. Mit ihr in den Armen lief er in das, was er Freiheit nannte, nämlich in den unhygienischen Wald.

Obwohl Moritz seine Sportpflichten nur widerwillig erfüllte, hatte er nichts gegen körperliche Anstrengung. Er mochte es nur nicht, wenn der Chip in seinem Oberarm mit den Sensoren am Wegrand kommunizierte. Moritz konnte auf die Gutschrift von Bewegungskilometern verzichten, während er im Wald spazieren ging. Er wollte fischen, Feuer machen und das Selbstgefangene verzehren, und er fand, dass die schuppigen, verkohlten, schlecht ausgenommenen Fische besser schmeckten als jede Protein-Konserve aus dem Supermarkt. Jedes Mal bot Mia ihm ein paar ausgerissene Brennnesseln als Beilage an und sah zu, wie ihr Bruder an seinem ungenießbaren Fang nagte. Dabei dachte sie heimlich, dass Moritz vielleicht nicht ganz richtig im Kopf, aber unwiderstehlich sei.

Auch an jenem Tag hielt er seine selbstgebastelte Angel ins Wasser, kaute provozierend auf einem Grashalm und ließ sich das vermutlich hochinfektiöse Wasser um die nackten Füße spülen. Es war warm, und Mia konnte nicht anders, als den Kopf in den Nacken zu legen. Dem Hautkrebsrisiko zum Trotz ließ sie sich die Sonne ins Gesicht scheinen. Das Licht schmückte die »Kathedrale« besonders schön. Mia hielt sich die Ohren zu, als Moritz begann, vom Blind Date mit Kristine und ihren Fähigkeiten beim sogenannten *doggy style* zu erzählen. Als er endlich still war, begann sie einen Kurzvortrag über Sinn und Zweck der Zentralen Partnerschaftsvermittlung. Am Ende nannte sie ihren Bruder einen vergnügungssüchtigen Egoisten und behauptete, dass einer wie er gar nicht in der Lage sei, eine Frau wirklich zu lieben.

Mag sein, dass ihr Tonfall das übliche Necken verfehlte. Manchmal spürte sie einen Stich der Eifersucht, wenn er von seinen Blind Dates erzählte. Dann klang sie vorwurfsvoller als beabsichtigt, wenn auch nicht vorwurfsvoll genug, um Moritz' Reaktion zu rechtfertigen. Er wurde wütend, obwohl der Wald friedlich zirpte und alles gut war, mindestens so gut wie immer, wenn sie zu zweit allein sein konnten.

»Du kotzt mich an«, sagte Moritz. »Ausgerechnet du zweifelst an meiner Liebesfähigkeit. Dabei bin ich ein Mensch und du nicht.«

Er sprach noch eindringlicher als sonst. Seine Augen leuchteten, und seine Stimme glich der eines vortragenden Lyrikers.

»Im Gegensatz zum Tier kann ich mich über die Zwänge der Natur erheben. Ich kann Sex haben, ohne mich vermehren zu wollen. Ich kann Substanzen konsumieren, die mich für eine Weile von der sklavischen Ankettung an den Körper erlösen. Ich kann den Überlebenstrieb ignorieren, mich in Gefahr bringen, allein um des Reizes der Herausforderung willen. Dem wahren Menschen genügt das Dasein nicht, wenn es ein bloßes Hier-Sein meint. Der Mensch muss sein Dasein *erfahren*. Im Schmerz. Im Rausch. Im Scheitern. Im Höhenflug. Im Gefühl der vollständigen Machtfülle über die eigene Existenz. Über das eigene Leben und den eigenen Tod. Das, meine arme, vertrocknete Mia Holl, *ist* Liebe.«

Natürlich hatten sie diese Diskussion schon hundert Mal geführt. Aber die Wahrheit liegt nun einmal an der Oberfläche, während der Kern der Dinge leer bleibt. Oder, anders formuliert: Es kommt auf die Verpackung an. Moritz bewegte sich jenseits des sorgsam ausbalancierten Spotts, den sie seit ihrer Kindheit trainierten. Er war verletzend, und Mia hatte keine Lust, sich zu ergeben.

»Und du, mein armer, verirrter Moritz Holl, bist nicht mehr als ein Heuchler. Deine berühmte Machtfülle endet genau dort, wo dir der Körper den Dienst versagt. Du lebst deine angebliche Freiheit auf einem fest gemauerten Sicherheitsfundament und schwingst kämpferische Reden, während andere deine Rechnungen bezahlen. Das nennt man nicht Freiheit, sondern Feigheit.«

»Sicherheitsfundament!«, lachte Moritz. »Hast du das wirklich gesagt? Ich dachte, selbst dir sei diese Spießerparole zuwider. Weißt du, wann unsere Welt endlich sicher sein wird? Wenn alle Menschen in Reagenzgläsern liegen, eingebettet in Nährlösung und ohne Möglichkeit, einander zu berühren! Was soll denn das Ziel dieser Sicherheit sein? Ein Dahinvegetieren im Zeichen einer falsch verstandenen Normalität? Erst wenn eine einzige Idee über die der Sicherheit hinausgeht, erst dort, wo der Geist seine physischen Bedingungen vergisst und sich auf das Überpersönliche richtet, beginnt der allein menschenwürdige, im höheren Sinn folglich der allein normale Zustand! Es ist dein Fluch, Mia Holl, dass du in Wahrheit klug genug bist, um zu verstehen, wovon ich spreche.«

»Da irrst du.« Mia kratzte Steine aus dem Boden und warf sie ins Wasser. Es hatte sie schon als Kind geärgert, wenn Moritz vorgab, besser über sie Bescheid zu wissen als sie selbst. »Ich bin vor allem klug genug, um zu verstehen, dass du Unsinn redest. Von welcher fantastischen, höheren Idee sprichst du? Wie wär's mit Gott? Nation? Gleichheit? Menschenrechte? Oder irgendeine andere haarsträubende Tölpelei, die sich aus den Kadavern ihrer Vorgängerinnen zusammensetzt?«

»Weißt du was?« Moritz reckte das Kinn und schaffte es, im Sitzen auf seine Schwester herabzusehen. »Nicht weil du die Menschen liebst, wünscht du ihnen Sicherheit. Sondern weil du sie verachtest.«

»Kann sein«, sagte Mia. »Aber du redest von Freiheit und von Höherem, weil du dich selbst hasst. Weil du es nicht ertragen kannst, auf der Welt zu sein, ohne dir ein mythisches Mäntelchen umzuhängen. Um diesen Hass vor dir selbst zu verbergen, richtest du ihn gegen das System. Du hasst dich so sehr, dass dir sogar der Gedanke Spaß macht, dich zu töten.«

»Das hat weder mit Spaß noch mit Hass zu tun«, rief Moritz aufgebracht. »Ja, ich kann mich umbringen. Nur wenn ich mich auch für den Tod entscheiden kann, besitzt die Entscheidung zugunsten des Lebens einen Wert!«

»Um frei denken zu können, muss sich der Mensch vom Tod abwenden. Er muss sich dem Leben verpflichten.«

»Um frei zu sein, darf man den Tod nicht als Gegenteil des Lebens begreifen. Oder ist das Ende einer Angelschnur das Gegenteil der Angelschnur?«

»Nein, aber das Ende vom Fisch«, versuchte Mia zu scherzen.

Aber Moritz lachte nicht, sah sie nicht an, streckte keine Hand nach ihr aus. »Was dir fehlt«, sagte er, »ist das Erlebnis deiner eigenen Sterblichkeit.«

»Komm schon.« Mia verzog das Gesicht. »Du warst fünf Jahre alt. Hat dich eine so tragische, aber letztlich ziemlich gewöhnliche Geschichte zum höheren Wesen gekürt?«

»Ich war *sechs*«, sagte Moritz, »und trotzdem gezwungen, mich mit der Tatsache auseinanderzusetzen, dass der Mensch nur *ein* kurzes Leben hat.«

»Gerettet haben dich interessanterweise jene Spießer, die du heute verspottest. Ohne die METHODE hättest du keinen Spender gefunden. Wie wär's mit ein bisschen Dankbarkeit?«

»Ich danke nicht den Spießern, sondern der Natur«, sagte Moritz störrisch. »Und zwar für eine Erfahrung, die verhindert hat, dass ich so verbohrt werde wie du. Ich habe Empfindungen. *Echte* Empfindungen.«

Forschend sah Mia ihn an. Schließlich berührte sie ihn an der Schulter.

»Was ist los mit dir? Du bist so anders heute? Irgendwie …«

»Ernst?«

»Für deine Verhältnisse geradezu ernst.«

»Ich übe«, sagte Moritz schlicht.

»Für ein neues Ich?«

»Für Sibylle.«

»Du sprichst in Rätseln.«

»Ich gehorche deinem Rat.«

Plötzlich wandte er Mia das Gesicht zu und blickte sie auf eine Weise an, die den gesamten Streit in sich zusammenbrechen ließ. Übrig blieben klare Luft, der Geruch warmer Erde und der Fluss, auf dessen Oberfläche unzählige Lichtmünzen schaukelten.

»Das ist meine Art, an der Verliebtheit zu arbeiten«, sagte Moritz. »Man könnte auch Plastikrosen kaufen, ein staatlich geprüftes Parfüm oder schokoladefreie Pralinen. Nur dass ihr das nicht gefallen würde. Ich bringe einen Strauß Parolen zum Rendezvous, den Duft der Freiheit und die Süße der Revolution.«

»Du nimmst mich auf den Arm.«

»Ausnahmsweise nicht. Alles, was ich dir erzählt habe, werde ich heute Abend auch *ihr* erzählen. Aber sie wird nicht knittrig gucken und staubig reden wie du. Sibylle wird mich aus großen Seidenaugen anschauen und jedes Wort verstehen. In nur drei Tagen haben wir Zeilen gewechselt, für die man uns volle drei Jahre in den Knast sperren könnte. Hauptsache, in eine gemeinsame Zelle. Das ist sie, Mia! Ich spüre es.«

»Kein *deep throat*? Kein *doggy style*?«

»Vielleicht auch«, lachte Moritz. »Da, schau mal an!«

Als es an der Angel ruckte, fasste er mit beiden Händen zu und zog einen Fisch aus dem Wasser, der am Ende der Schnur wild um sein Leben kämpfte.

»Bestimmt wirst du sie mögen.« Moritz beugte sich zur Seite und küsste Mia flüchtig auf die Stirn. Dann griff er einen Ast vom Boden und schlug ihn dem Fisch auf den Kopf. »Wenn Sibylle tatsächlich so denkt, wie sie schreibt, ist sie genauso durchgedreht wie ich. Du wirst in Zukunft doppelte Arbeit haben.«

Der Hammer

Frau Holl! Frau Holl! Schlafen Sie mit offenen Augen? Soll ich einen Arzt holen lassen?«

Weil Sophie Anachronismen verabscheut, benutzt sie ihren Hammer nur ungern. Jetzt schlägt sie ihn drei Mal auf den Tisch, und jeder Schlag steigert ihre Wut. Die Angeklagte, links neben ihrem Verteidiger sitzend, hebt verwirrt den Kopf. Streift das Richterpult mit einem Blick. Mustert den Staatsanwalt Bell, der sich mit beiden Händen an der Tischkante abstützt und die Augenbrauen hoch in die Stirn gezogen hat. Betrachtet schließlich ihr eigenes Gesicht, das, auf dem nackten Körper thronend wie ein Heiligenbild auf seiner Säule, von der Projektionswand zurückstarrt. Noch mehr Schwierigkeiten als das Benutzen des Hammers macht Sophie die Vorstellung, sich in einem Menschen getäuscht zu haben. Mias weicher Mund sprach für Harmoniebedürfnis, die hellen Augen für geistige Klarheit. Nun sitzt die Beschuldigte im Verhandlungssaal und träumt vor sich hin. Sie hat zum zweiten Mal in die fütternde Hand gebissen. In Sophies Hand. Das kann zweierlei sein: ein Anzeichen von schlechtem Charakter oder das Symptom einer Depression. Die Richterin kann nicht entscheiden, was sie schlimmer findet. Menschen mit schlechtem Charakter sind eine Plage und gehören deshalb oft genug zu ihrem Kundenstamm. Depressive aber haben zersetzende Wirkung. Sie ziehen die Hilfsbereitschaft ihrer Umgebung an, während sie das Selbstmitleid zur Privatreligion erheben und nichts weniger wünschen, als ihrer traurigen Lage zu entkommen. Sie sind Missionare des Unglücks. Ansteckend. Geistige Krankheiten, lernt jeder Jurist in Vorlesungen zur Gesundheitsordnung, sind mindestens so gefährlich wie körperliche. Und dabei schwerer zu beweisen.

»Entschuldigen Sie, Euer Ehren«, sagt Mia.

Sophie hört, wie Rosentreter seiner Mandantin ein paar beruhigende Worte zuflüstert. Fast empfindet sie Mitleid für ihn. Er ist aufrichtig und bescheiden und besitzt nicht den kleinsten Teil der nötigen Fähigkeiten, um mit einer renitenten Person wie Mia Holl zurechtzukommen.

»Was wir hier haben, ist ein Anfechtungsantrag.« Sophie wedelt mit einem Papier in der Luft herum. »Unterschrieben von Ihrer Hand.«

Mia wirft Rosentreter einen unsicheren Blick zu, woraufhin dieser sie leicht in die Seite stößt.

»Ja, Euer Ehren«, sagt sie.

»Die Geldstrafe, die ich wegen der begangenen Ordnungswidrigkeiten verhängt hatte, war äußerst milde.« Als Sophie bemerkt, dass ihre Stimme hysterisch klingt, räuspert sie sich und bemüht sich um mehr Professionalität. »Das war ein Friedensangebot.«

»Hart an der Grenze zum Freispruch«, ergänzt Bell.

»In der Tat.« Spöttisch nickt Sophie dem Staatsanwalt zu. »Ihnen, Frau Holl, sollte das Urteil helfen, auf den rechten Weg zurückzufinden. Verstehen Sie das?«

»Irgendwie schon, Euer Ehren«, sagt Mia wie eine Marionette, deren Kiefer man mit Schnüren bewegt.

»Mir reicht's jetzt!«, schreit Sophie, und plötzlich benutzt sie den Hammer mit außerordentlichem Vergnügen. »Ich werde Ihrem Anfechtungsantrag entsprechen. Und erhöhe die Strafe hiermit auf fünfzig Tagessätze. Und was den Missbrauch toxischer Substanzen anbelangt …«

»Aber«, sagt Mia, die den Ausführungen der Richterin mit wachsendem Erstaunen folgt, »aber ich habe doch auf den rechten Weg zurückgefunden. Ich habe den Behörden die fehlenden Schlaf- und Ernährungsberichte zugearbeitet. Sämtliche medizinischen und hygienischen Proben sind eingereicht. Die Bakterienkonzentration in meiner Wohnung entspricht den Richtwerten. Den Sportrückstand werde ich in den nächsten Tagen …«

»Ich habe keine Lust, mich weiter von Ihnen einwickeln zu lassen. Oder können Sie mir erklären, warum Sie ein Urteil anfechten, das ich wegen seiner Milde vor meiner Dienststelle verantworten musste?«

»Einspruch, Euer Ehren«, sagt Rosentreter. »Die Angeklagte ist keine Rechenschaft für ihr prozessuales Verhalten schuldig.«

»Aber …«, sagt Mia.

»Stattgegeben. Die Verteidigung lehnt eine Anhörung ab. Das verkürzt die leidige Angelegenheit.«

»Sehr angenehm, wenn mir auf diese Weise die Arbeit abgenommen wird«, sagt Bell.

»Sparen Sie sich Ihre Kommentare«, sagt Sophie scharf, und zu Rosentreter: »Wir kommen zum Verfahren wegen Missbrauchs toxischer Substanzen. Ihr Plädoyer?«

»Geständig«, sagt Rosentreter.

»Aber ich verstehe nicht …«, sagt Mia.

»Sie haben die Zigarette doch geraucht?«, fragt Rosentreter leise. »Das haben Sie letzte Woche schon zugegeben.«

»Natürlich«, sagt Mia. »Sie haben mir erklärt …«

»Weil Sie darauf beharrten, Ihre Ruhe zu wollen, habe ich Ihnen erklärt, dass es nur eine Möglichkeit gibt, sich dem Verfahren zu entziehen.« Der Verteidiger wirft Sophie einen entschuldigenden Blick zu. »Frau Holl stellt einen Härtefallantrag nach Paragraf 28 GStPO.«

»Härtefallantrag!« Vor Vergnügen schlägt Bell mit der flachen Hand auf den Tisch. »Konntest du ihr das nicht ausreden, Rosentreter?«

Aus Sophies gesunden Wangen ist die Farbe gewichen. Sie kann sich selbst nicht leiden, wenn sie sich aufregt. Aufregung ist ungesund und widerspricht ihrem Naturell. Dieses Wissen macht sie noch wütender.

»Die Angeklagte ist also der Meinung, dass das Gericht gar nicht berechtigt war, eine Entscheidung zu treffen«, sagt sie kalt. »Und dass die vorsitzende Richterin, die alles getan hat, um den persönlichen Umständen Rechnung zu tragen, nicht in der Lage ist, die Situation richtig einzuschätzen.«

Mias Mund steht halb offen und lässt sie keineswegs harmoniebedürftig, sondern einfach nur überfordert aussehen. Und dumm, ja, auf eine störrische Weise dumm. Sie schaut von einem zum anderen, wie ein Hund, der sich nicht erinnern kann, zu wem er gehört. Dann zeigt sie auf Rosentreter.

»Mein Verteidiger hat gesagt ...«

»Die Angeklagte«, sagt Rosentreter und nimmt einen Zettel zur Hand, »will keinen Stress. Sie braucht Zeit zum Nachdenken. Sie vertritt die Auffassung, dass sie ohne Einmischung der Behörden mit ihrer Lage am besten klarkommt.«

»Euer Ehren!« Bell lehnt sich vor. »Ich bitte wieder darum, diese Aussagen in der persönlichen Datenspur der Angeklagten aktenkundig zu machen.«

»Diesmal stattgegeben.« Sophie schaltet ihr Diktiergerät ein und stellt es auf den Tisch. »Die Antragsbegründung, Rosentreter.«

Während Rosentreter spricht, läuft eine Mitschrift seiner Worte über die Projektionswand:

»Die Angeklagte hat vonseiten des Systems eine unerträgliche Härte erlitten. Ein naher Angehöriger ist ihr durch die Implementierung der METHODE genommen worden. Sie möchte bei der Bewältigung der Folgeschäden von den Institutionen der METHODE in Ruhe gelassen werden und beruft sich in diesem Sinn auf die Härtefallregeln.«

»Ist das so?«, fragt Sophie, über das Richterpult gebeugt. »Sind Sie der Meinung, dass Ihr Bruder der Implementierung der METHODE zum Opfer gefallen ist?«

»Nach kausaler Betrachtungsweise, ja«, sagt Mia. »Das heißt aber nicht …«

»Das heißt vor allem nicht, dass Sie sich den Institutionen der METHODE entziehen dürfen! Ihr Anwalt wird Ihnen hoffentlich erklärt haben, dass die Härtefallregeln beispielsweise für die Opfer schwerer Justizirrtümer vorgesehen sind und dass …«

»Euer Ehren«, lässt sich Bells nörgelnde Stimme vernehmen. »Die Aufgabe des Gerichts besteht nicht darin, die Verteidigung arbeitslos zu machen.«

Sophie fährt auf.

»Mir reicht's mit Ihren Zurechtweisungen«, schreit sie. »Das ist hier nicht die Mensa der Universität, wo Sie den Besserwisser spielen können. Ermahnung nach Paragraf 12 GStPO wegen Missachtung des Gerichts.«

Wieder fährt der Hammer auf den Tisch nieder; danach lässt Sophie das Werkzeug angewidert fallen.

»Der Härtefallantrag wird abgelehnt«, sagt sie mühsam beherrscht. »Genug der Zirkusspäße. Verurteilung wegen Missbrauchs toxischer Substanzen zu zwei Jahren auf Bewährung. Das entspricht vermutlich Ihren Wünschen, Herr Staatsanwalt?«

»Vollkommen«, sagt Bell durch zusammengebissene Zähne.

»Hervorragend. Ich weise die Angeklagte darauf hin, dass der Methodenschutz routinemäßig von gestellten Härtefallanträgen unterrichtet wird. Die Verhandlung ist geschlossen.«

Which side are you on

Es gibt ein Lied aus der guten alten Zeit«, sagt die ideale Geliebte. »Which side are you on. Du solltest es zu deiner Hymne machen.«

Es dürfte gegen zwölf am Mittag sein, vielleicht auch schon etwas später, wobei die Frage nach der Uhrzeit momentan keinen der Anwesenden interessiert. Der Tag ist jedenfalls frühlingshaft warm. Die Tür zur Dachterrasse steht offen und lässt milde Luft ein; aus den Blumenkästen ertönt das selbstzufriedene Brummen einer Biene. Rosentreter lehnt in der Terrassentür und schaut zu, wie das Insekt die künstlichen, in der Duftrichtung »Primel« parfümierten Blüten umtaumelt.

Man kann nicht behaupten, dass Mia ihren Verteidiger eingeladen hätte. Eher ist es so, dass er sie nach Hause gebracht hat. Sie war beim Verlassen des Gerichtsgebäudes auf der Eingangstreppe stehen geblieben und hatte sich umgeschaut, als sehe sie die Stadt zum ersten Mal. Dabei hatte sie vor sich hin gesprochen: Dass sie sich verlangsamt habe, auf ein Zehntel ihrer Normalgeschwindigkeit. Deshalb würden die Tage zehnmal schneller vergehen, die Fahrräder zehnmal schneller fahren, die Menschen zehnmal schneller sprechen und sie, Mia, überhaupt nichts mehr verstehen. Das Hirn, hatte sie behauptet, sei auch nur ein Muskel. Rosentreter hinderte sie daran, sich in aller Öffentlichkeit auf die Treppe zu setzen, schlug ihre Adresse in der Akte nach und sorgte dafür, dass sie sicher in ihre Wohnung kam.

Jetzt würgt Mia mit geschlossenen Augen zwei bunte Tabletten ohne Wasser hinunter. Die moderne Medizin hält Antworten auf alle existenziellen Fragen bereit, und die verbleibenden Unklarheiten kann nur einer beseitigen: Rosentreter. Seine schlaksige Gestalt steht ein wenig gebeugt, als wollte er sich kleiner machen. Immer wieder fährt er sich durch die strähnigen Haare.

»Macht Ihnen das Spaß?«, fragt Mia.

»Oh, die Aussicht ist schön.« Rosentreter lässt ein paar ausgerissene Haare zu Boden segeln und dreht sich um.

»Äußerst witzig«, erwidert Mia. »Ich will wissen, ob Sie gern den Folterknecht spielen.«

»Interessant, dass Sie von Folter sprechen. Wussten Sie, dass die Einführung der Folter ein wichtiger Schritt auf dem Weg zu einem modernen Strafverfahren war?«

»Der will mich auch verarschen«, sagt Mia zur idealen Geliebten. »Wie alle.«

»Gefällt mir aber besser als der andere«, sagt die ideale Geliebte. »Da ist so etwas in seinen Augen. Wie ein kleiner Junge im Spielwarenladen.«

»Der«, sagt Mia laut und zeigt auf Rosentreter, »hat mich heute vor Gericht ans Messer geliefert!«

»Auf den ersten Blick scheint das mit der Folter widersinnig«, beharrt Rosentreter und legt eine Hand ans Kinn, als wäre er dabei, ein Kolloquium für junge Strafrechtler abzuhalten. »Aber es ist wahr. Es ging darum, sich vom Gottesurteil zu verabschieden. Ein Mensch sollte den Richterspruch fällen. Aber wie sollte ein Mensch ohne Gottes Hilfe die Wahrheit kennen? Das ging nur, wenn der Angeklagte gestand. Dummerweise war nicht jeder bereit dazu. Folglich erfand man Möglichkeiten der …«, Rosentreter lacht in sich hinein, »Gewissenserforschung.«

»Es wäre mir recht«, sagt Mia, »wenn wir jetzt auf *meinen* Prozess zurückkommen könnten. Der ist mir Folter genug.«

»Auch die Folter fiel irgendwann dem humanistischen Gedanken zum Opfer«, fährt Rosentreter unbeirrt fort. »Geblieben ist das Gefühl, dass der Verurteilung eines Menschen, der hartnäckig seine Unschuld beteuert, etwas Unangenehmes anhaftet.«

»Ich kenne Sie nicht«, sagt Mia, während sie vor Rosentreter hintritt. »Ich habe keine Ahnung, wer Sie sind. Und für wen Sie dieses Theater aufführen.«

»Ich bin Ihr Interessenvertreter. Das heißt nach den Regeln der Semantik, dass ich Ihr Interesse vertrete.«

»Sie«, sagt Mia und hebt den Zeigefinger wie

ein Ankläger, »Sie haben mir versprochen, diese Scheiße zu beenden. Und was machen Sie? Reiten mich noch tiefer rein. Beraten Sie mich, Rosentreter: Gibt es eine Möglichkeit, Sie dafür haftbar zu machen?«

»Natürlich, die gibt es. Mit etwas Geschick könnten Sie dafür sorgen, dass mir wegen meines heutigen Auftritts die Zulassung entzogen wird.«

»Na also!«, höhnt Mia. »Dann beauftrage ich Sie hiermit, gegen sich selbst vorzugehen.«

»Vorher sollten Sie sich aber überlegen, worin Ihr Interesse besteht. Und auf welche Weise es vertreten werden muss.«

»Meine Rede!«, ruft die ideale Geliebte. »Which side are you on!«

»Glauben Sie, dass Ihr Bruder den Sexualmord begangen hat, dessentwegen er zum Scheintod verurteilt wurde?«

»Das werde ich nicht mit Ihnen diskutieren.«

»Sie glauben es nicht.« Rosentreter schließt die Terrassentür. »Weil Sie ihn kannten. *Ihn,* das heißt, seinen Geist. Seine Seele. Sein Herz. Jene Dinge, die nach Auffassung der METHODE beim Umgang mit Menschen keine Rolle spielen.«

Mia fasst sich an den Kopf, in dem die dämpfende Wirkung der Tabletten mit dem Nervenfieber kämpft. »Gibt es irgendjemanden auf diesem Planeten, der es *nicht* darauf anlegt, seine politischen Ansichten an mir auszuprobieren?«

»Nein«, sagt die ideale Geliebte schlicht. »Deine Zeit ist gekommen.« Sie breitet die Arme aus, wie Moritz es getan hätte: »Vorsicht, hier beginnt die echte Welt! Kleinteile bitte nicht verschlucken.«

»*Du* hältst jetzt den Mund«, ruft Mia.

»Wir können uns gerne duzen«, sagt Rosentreter erfreut. »Seit heute Vormittag sind wir aufs Engste miteinander verbunden.«

»Sagen Sie endlich, was vor Gericht passiert ist!«

»Stümperei.« Rosentreter hebt beide Hände. »Nicht bedeutender als ein paar Kinder, die sich gegenseitig Sand in die Augen werfen. Wir wenden uns an die nächste Instanz. Wir werden Profis mit der Sache befassen.«

»Wir oder Sie?«

»Was soll das heißen?«

»Ich gebe auf. Nein, ich habe längst aufgegeben. Noch mal, nein: Es gab von Anfang an nichts, was ich jetzt aufgeben könnte!«

»Ganz genau. Sie *können* nicht aufgeben. Haben Sie nicht begriffen, was man Ihnen heute angedroht hat? Meldung beim Methodenschutz! Die wollen eine Staatssache daraus machen.«

»Und das«, sagt Mia, »ist ganz allein Ihre Schuld.«

»Sie müssen sich wehren!« Rosentreter fuchtelt in der Luft herum. »Was ist das für ein System, das Ihnen verbietet, sich ein paar Wochen zurückzuziehen, nachdem es zuvor Ihren Bruder umgebracht hat?«

»Fragen Sie das als Jurist?«

»Als Mensch.«

»Süß, Rosentreter! Die Suche nach dem Menschen ist wie das Anklopfen an einem leeren Zimmer. Vorsichtig stößt man die Tür auf und ruft der Form halber in den Raum: Ist jemand da? – Bevor man wieder geht.«

»Allein die METHODE hat dem Menschen den Garaus gemacht«, sagt die ideale Geliebte. »Was bleibt, ist die Person. In der Mehrzahl: Leute. Aber du, mein Schatz, tanzt aus der Reihe. Du bist ein Mensch. Dafür liebe ich dich.«

»Du hast gut reden«, sagt Mia. »Du liegst hier herum und hast keine Blutgruppe. Du bist kein Fall für die Gesundheitstelematik. Du hast ja nicht mal ein Immunsystem!«

»Hören Sie auf, mit dem Nichts zu sprechen, Mia Holl«, sagt Rosentreter beschwörend. »Schauen Sie mich an, reden Sie mit mir. Die METHODE dient dem Wohl des *Menschen*, Artikel eins der Präambel. In der nächsten Instanz werden wir uns alle gemeinsam auf ein paar Grundsatzfragen besinnen.«

»Ihre Augen.«

»Was ist damit?« Rosentreter fasst sich ins Gesicht.

»Sie leuchten.«

»Das macht das Sonnenlicht.«

»Was Sie da planen, ist keine Verteidigung. Sondern ein Feldzug.«

»Dann ist er wohl notwendig.«

»Für wen?«

»Für uns alle.«

»Ich frage zum letzten Mal«, sagt Mia scharf. »Wer sind Sie? Ein Irrer? Ein Anhänger der R.A.K., der sich mit Aktentasche und Robe bei Gericht herumtreibt? Oder einfach ein kleiner Sadist, dem es Spaß macht, auf den Trümmern einer zerschlagenen Existenz zu tanzen?«

Rosentreter räuspert sich.

»Ein Unglücklicher«, sagt er.

»Das soll er erklären«, sagt die ideale Geliebte.

»Erklären Sie sich«, sagt Mia.

»Ich würde gern darauf verzichten«, sagt Rosentreter.

»Sie können mein Leben zu Ihrem Schlachtfeld machen«, schreit Mia. »Sie können mich an der Leine Ihrer Prozessstrategie wie ein wildes Tier in den Kampf führen. Aber ich habe ein Recht zu erfahren, warum!«

»Okay«, sagt der Anwalt und sinkt neben der idealen Geliebten auf die Couch.

Unzulässig

Mia nimmt auf dem Schreibtischstuhl Platz und stützt den Kopf in die Hand, als wäre er zu schwer geworden, um von den Halsmuskeln getragen zu werden. Für einige Augenblicke wird es still. Auf der anderen Seite der Welt wälzt der Amazonas zweihundert Millionen Liter Wasser pro Sekunde in den Atlantik. Es ist, als könnte man das in Mias Wohnzimmer spüren. Rosentreter kaut an den Fingernägeln, was wegen der septischen Gefahr verboten ist.

»Wir vermeiden es, uns zu sehen«, sagt er schließlich. »Wir führen eine Distanzbeziehung ohne Beziehung. Wir führen Distanz. Das ist wie Schiffeversenken ohne Stift und Papier. Nur mit dem eigenen Kopf.«

»Das glaube ich nicht«, sagt Mia.

»Das geht den offiziellen Stellen nicht anders. Nach wissenschaftlich belegter Auffassung kommt eine Liebe wie meine aus immunologischen Gründen gar nicht vor. Ich habe einen Haupthistokompatibilitätskomplex der Klasse B-11 und bin somit als möglicher Partner für die Kategorien A-2, A-4 und A-6 qualifiziert. Und als ich die Frau meines Lebens traf, eine Frau wie kaltes Wasser auf einer Verbrennung – da war sie B-13. Wir haben nicht einmal versucht, eine Ausnahmegenehmigung zu erwirken. Völlig aussichtslos.«

»Ich glaube einfach nicht, dass Sie mir mit so einer immunologischen Bagatelle kommen«, sagt Mia.

»Das ist keine Bagatelle«, sagt die ideale Geliebte.

»Sie lieben also unzulässig?«, ruft Mia. »Das ist Ihre persönliche Katastrophe? Ein Drama, das Sie zum Krieger macht?«

»So direkt gefragt: Ja.«

»Eine gelegentliche Kollision unserer Wünsche mit der allgemeinen Übereinkunft«, zitiert die ideale Geliebte. »So würde Kramer es ausdrücken.«

»Für wen halten Sie sich!«, ruft Mia. »Seit Jahrtausenden werden Prinzessinnen an Könige verheiratet und treiben es mit dem Hofmarschall.«

»Sie verstehen mich nicht«, sagt Rosentreter. »Es geht nicht ums Treiben. Ich liebe diese Frau. Ich will mit ihr leben. Öffentlich. Kinder haben.«

»Und *genau das* war schon immer so. Bauerntöchter haben ihre Gutsherren geliebt. Nonnen den Klostergärtner. Brüder ihre Schwestern. Schülerinnen den Lehrer. Erwachsene Männer ihren besten Freund. Und heute lieben eben Tausende das falsche Immunsystem. Alle wollen glücklich sein. Alles Unzulässigkeiten. Alles dasselbe, Rosentreter, alles normal!«

»Nach der METHODE ist unzulässige Liebe ein Kapitalverbrechen. Wenn ich meine Liebe vollziehe, steht das auf einer Stufe mit dem vorsätzlichen Verbreiten von Seuchen.«

»Sie glauben, Sie hätten ein Problem? Sie meinen zu wissen, was Leid bedeutet? Sie, ausgerechnet Sie wollen sich auflehnen gegen ein Verfahren, das ein paar Jahrtausende älter ist als Sie?«

»Das Verfahren ist sinnlos!«

»Dann ist es noch sinnloser, sich dagegen zu wehren. Sie sind ein eingebildeter Idiot, Rosentreter. Tun Sie's im Verborgenen, wie alle anderen auch. Reden Sie nicht darüber. Belästigen Sie die Welt nicht mit Ihren Privatangelegenheiten.«

»Frau Holl, an dieser Stelle würde es mich wirklich freuen, wenn wir uns duzen könnten. Es würde mir bei den nächsten Sätzen helfen.«

Zweifelnd sieht Mia ihn an, dann streckt sie die Hand aus.

»Mia«, sagt sie.

»Lutz«, sagt Rosentreter.

Sie geben sich die Hände und lassen gleich wieder los.

»Was ich dir sagen will, ist das Folgende.« Rosentreter beginnt zu schreien. »Du bist eine verbitterte, einsame Rationalistin! Du hast keine Ahnung von Glück! Und dafür tust du mir leid!«

»Touché«, sagt die ideale Geliebte.

»Rationalistin – ja«, sagt Mia wütend. »Verbittert – vielleicht. Aber leidtun sollte ich dir – hierfür!«

Sie springt auf, nimmt ein Foto aus dem Schreibtisch und wirft es Rosentreter in den Schoß. Das Bild zeigt Moritz, der sich am Strick um die eigene Achse dreht. Wer noch nie einen Erhängten gesehen hat, wird verblüfft sein. Das Gesicht verliert alles Menschliche. Die Zunge schwillt auf dreifache Größe und drängt aus dem Mund. Auch die Augen bemühen sich, den Schädel zu verlassen. Die allgemeine Farbe der Haut ist blau. Abwechselnd sieht Rosentreter die Leiche und Mia an. Den Kampf um das größte erlittene Unglück hat er verloren.

»Das ist schwer zu ertragen«, sagt er leise.

»Seit Moritz tot ist«, sagt Mia, »trete ich ans Fenster, ohne den Mond zu sehen. Kann es sein, dass er die Erde verlassen hat und ins All hinausgefahren ist? Ich hätte Verständnis.«

Auch Rosentreter ist aufgestanden. Er geht auf Mia zu, so vorsichtig, als wäre sie ein Fluchttier, das bei jeder falschen Bewegung das Weite sucht.

»Bevor wir alle miteinander ins All hinausfahren«, sagt er, »könnte ich Akteneinsicht verlangen. Ich könnte der Sache noch einmal nachgehen. Eine Wiederaufnahme erwirken.«

Die ideale Geliebte richtet sich auf. »Moritz' Unschuld beweisen?«

»Vielleicht sogar seine Unschuld beweisen. Mia! Ich würde es nicht für dich tun. Ich warte seit Jahren auf eine Gelegenheit, der METHODE ein Bein zu stellen. Ich brauche …«

»Wenn er das tun würde«, sagt die ideale Geliebte aufgeregt, »wären wir zu allem Weiteren bereit.«

» … eine Chance.«

Als es klingelt, zuckt Rosentreter zusammen. Hastig legt Mia das Foto zurück in die Schublade.

Schnecken

Der Schreck verlässt Rosentreters Körper, schreitet einmal durch den Raum und sorgt für eine unwirkliche Stille. Mit ein wenig Nachdenken könnte der Verteidiger darauf kommen, dass es gar nicht so überraschend ist, in dieser Wohnung auf einen Mann zu treffen, der vermutlich noch vor dem Innenminister von Mia Holls Härtefallantrag gehört hat. Aber zum Nachdenken bleibt Rosentreter keine Zeit, zumal sich dieser Vorgang bei ihm nicht durch Geschwindigkeit auszeichnet. Nettsein verlangt eine gewisse Langsamkeit sowie das Fehlen von Mut.

»Santé, alle miteinander«, sagt Kramer.

»Hallo«, sagt Mia.

»Santé«, murmelt Rosentreter.

»Der schon wieder«, sagt die ideale Geliebte.

Kramer sieht blendend aus. Abgesehen von Hut und Stock, die er als Requisite für den Auftritt als zufälliger Flaneur bei sich führt, ist es vor allem seine aufdringlich gute Laune, die ihn heute zu einer besonders eindrucksvollen Erscheinung macht. Seine Haltung ist noch straffer als sonst, und seine glatt rasierten Wangen strahlen in der bedingungslosen Zuversicht eines gefütterten Säuglings. Begleitet von einem stummen Tusch, spaziert er in die Wohnung.

»Schau an, schau an«, beginnt er und zeigt auf Rosentreter, als handele es sich bei diesem um ein interessantes Kunstwerk. »Unser treuer Verfechter der gerechten Sache ist auch schon zur Stelle. Wo es ein privates Interesse gibt, sind Sie nicht weit, was, Rosentreter?«

Es ist nicht zu übersehen, dass Rosentreter Angst vor Kramer hat. Er weicht zurück wie vor einem ansteckenden Kranken und setzt sich unfreiwillig, aber dankbar, als ihm die Couch in die Kniekehlen stößt. Rosentreter kennt Kramer seit vielen Jahren und weiß, dass dieser einen durchdringenden Blick besitzt, der ihn mit schlafwandlerischer Sicherheit zwischen Freunden und Feinden der METHODE unterscheiden lässt. Natürlich ist es nicht direkt verboten, die falsche Frau zu lieben, solange man es aus der Ferne tut. Aber es macht verdächtig. Jeder weiß, dass »Liebe« nur ein Synonym für die Verträglichkeit bestimmter Immunsysteme darstellt. Jede andere Verbindung ist krank. Rosentreters Liebe ist ein Virus, das die Gesellschaft gefährdet. Er musste lernen, was wahre Einsamkeit bedeutet: nicht das Getrenntsein von der Geliebten, sondern der Zwang, sich und seine unerfüllbare Sehnsucht zu verstecken. Leider sind Kramers Ohren fast so gut wie seine Augen. Je länger Rosentreter den Journalisten ansieht, desto quälender wird die Vorstellung, der andere könnte bereits eine geraume Weile mit dem Ohr an der Tür im Treppenhaus gestanden haben.

Glücklicherweise scheint sich Kramer nicht weiter für ihn zu interessieren. Er wendet sich Mia zu.

»Frau Holl«, sagt er. »Ich bin gekommen, um mich zu entschuldigen.«

»Bringen Sie's mir schonend bei«, sagt Mia.

Als Kramer auf sie zugeht, sieht es fast aus, als wollte er einen Verstoß gegen Paragraf 44 Hygieneordnung begehen, indem er Mia auf die Wange küsst. Im letzten Moment biegt er ab, zieht die Handschuhe aus und legt sie zusammen mit Hut und Stock auf den Schreibtisch.

»Das Interview, um das ich Sie gebeten habe. Es kann doch nicht stattfinden. Die Dinge entwickeln sich in eine andere Richtung.«

Mit großer Selbstverständlichkeit geht er weiter in die Küche, um sich ein heißes Wasser zuzubereiten.

»So oder so ist es eine Freude, Sie zu sehen«, ruft er von dort. »Für einen alten Geschichtenjäger wie mich ist der Wirbel, den Sie veranstalten, das reinste Vergnügen.«

»*Er* veranstaltet den Wirbel«, sagt Mia mit Blick auf Rosentreter.

»Ach?« Kramer streckt den Kopf durch die Tür, die Augenbrauen zu elegant geschwungenen Bögen gehoben. Sogleich zieht auch die ideale Geliebte die Brauen hoch und imitiert seinen verwunderten Blick.

»Was für ein Interview?«, fragt Rosentreter schnell.

»Der Härtefallantrag war *seine* Idee«, sagt Mia.

»Noch jemand heißes Wasser?«, fragt Kramer.

»Bitte«, sagt Mia.

»Danke«, sagt Rosentreter.

»Wenn er Sie belästigt«, sagt Kramer, als er mit zwei dampfenden Tassen zurück in den Raum kommt, »kann ich Sie mühelos von ihm befreien. Erzählen Sie mir einfach, was er in der letzten halben Stunde von sich gegeben hat.«

Offensichtlich ist es an der Stelle, wo Rosentreter sitzt, immer wärmer geworden. Er fährt sich mit zwei Fingern in den Kragen und versucht gleichzeitig, seriös auszusehen. Kramer hat sich an den Schreibtisch gelehnt und schaut Mia über den Rand seiner Tasse erwartungsvoll an. Diese betrachtet ihren Verteidiger, dessen Miene sich in einem Zustand heilloser Verwirrung befindet. Für einen Moment scheint ihr der Gedanke, Rosentreter loszuwerden, gar nicht unangenehm.

»Mia!«, warnt die ideale Geliebte, worauf die Angesprochene erschrickt und den Kopf schüttelt, als hätte sie Grund, über sich selbst zu staunen.

»Rosentreter hat überhaupt nichts von sich gegeben«, sagt sie schließlich. »Wir haben uns über die rechtliche Qualität von Geständnissen unterhalten.«

»Dann ging es wohl um die Sache Moritz Holl?«, fragt Kramer. »Immerhin hat man Ihren Bruder nicht *gefoltert*. Das ist doch ein Grund zur Freude, oder?« Er lacht und fährt fort, bevor Mia reagieren kann: »Glücklicherweise gibt es heute moderne Formen der Erkenntnisgewinnung, die das Geständnis ersetzen können. Kurz gesagt: die akribische Erhebung von Informationen. Je mehr man davon besitzt, desto besser. Wollen Sie widersprechen, Rosentreter? Nein? Das wundert mich. Üblicherweise begreifen Leute wie Sie nicht, dass sich die METHODE eine Menge Arbeit macht, um den Bürger vor Irrtümern über seine Person zu schützen. Je genauer die Informationslage, desto gerechter die Behandlung. Stimmen Sie mir zu, Frau Holl?«

»Ich glaube schon«, sagt Mia.

»Gut.« Kramer stellt seine Tasse auf den Tisch. »Dann erzählen Sie mir doch ein wenig von Ihrem Bruder.«

Die ideale Geliebte schnappt förmlich nach Luft. Neben ihr erhebt sich Rosentreter von der Couch und rückt seinen Anzug zurecht.

»Meine Mandantin hat nicht die Absicht …«

»Warum sollte ich?«, fragt Mia ruhig.

»Zur Verbesserung der Informationslage«, sagt Kramer freundlich und zeigt beim Grinsen die Zähne. »Oder einfach, damit ich mich nicht frage, warum Sie *nicht* von ihm erzählen wollen.«

Rosentreter ist herangekommen und versucht, eine breitschultrige Haltung einzunehmen.

»Sie haben nicht das geringste Recht, hier eine Befragung durchzuführen«, sagt er mit unnatürlich tiefer Stimme.

»Warum so verkrampft, Rosentreter?« Gut gelaunt stößt sich Kramer von der Tischkante ab und beginnt einen Spaziergang durch den Raum. »Sie interessieren sich doch genauso für Moritz Holl.«

»Ich interessiere mich für meine Mandantin.«

»So?« Kramer umrundet den Hometrainer und liest die Fehlstandsanzeige ab. »Gestern haben Sie bei Gericht ausführlich Einsicht in die Prozessakten von Moritz Holl genommen.«

»Das war nötig zur Begründung des Härtefallantrags.«

»Vielleicht suchten Sie eher nach Erkenntnissen, um mit noch mehr Schlamm in die Schlacht zu ziehen?«

»Für Schlamm sind Sie zuständig, niemand sonst.«

»Das kann man so sehen«, erwidert Kramer unbeeindruckt und setzt seinen Weg zum Regal fort, wo er die Titel der Bücher zu lesen beginnt.

»Meine Herren.« Mia ist dem Wortwechsel gefolgt, den Kopf von einer Seite zur anderen wendend wie eine Zuschauerin beim Tennisspiel. »Worum geht es hier?«

»Es geht um *mehr*«, sagt Kramer. »Um die Bedeutung des Falles Moritz Holl. Nicht wahr, Rosentreter? Sie sind scharf auf das Prestige.« Plötzlich dreht er sich um und sieht dem Strafverteidiger aus spiegelglatten Augen ins Gesicht. »Na los. Behaupten Sie das Gegenteil.«

Rosentreter senkt den Kopf, woraufhin Kramer nickt und zurück zum Schreibtisch geht.

»Frau Holl«, sagt er freundlich. »Selbst vor Gericht ist Wahrheit eine subjektive Angelegenheit. Glauben und Wissen sehen einander zum Verwechseln ähnlich. Man kann mit Recht fragen, ob sie nicht dasselbe sind. Kluge Leute beurteilen die Wahrheit in Grenzfällen deshalb nicht nach ihrer Gültigkeit, sondern nach ihrer Nützlichkeit.«

»Was soll das heißen?«, fragt Mia.

»Ihr Bruder war einfach verdammt überzeugend«, antwortet Kramer. »Deshalb lässt er uns alle drei nicht los, wenn auch aus völlig unterschiedlichen Gründen.«

»Gleich schlägt er vor, eine Selbsthilfegruppe zu gründen«, sagt die ideale Geliebte.

»In der Sache Moritz Holl«, sagt Kramer, »ermittelt Ihr Anwalt gegen die METHODE und ich dafür. Nicht selten treffen sich die schärfsten Gegensätze am selben Punkt. Zum Beispiel heute in Ihrem Wohnzimmer.«

»Sie meinen: am Grab meines Bruders.«

»Vermutlich meine ich das. Dort stehen wir alle und versuchen, die Wahrheit zu finden. Vielleicht sollten Sie dazu beitragen, Frau Holl. Vielleicht wollen Sie mir sagen, wie Moritz *wirklich* war.«

»Er liebte die Natur«, sagt Mia.

»Wenn du diesem Monster etwas von Moritz erzählst!«, ruft die ideale Geliebte.

Mia wendet sich nach ihr um.

»Was wäre denn sonst meine Aufgabe in der Welt, wenn nicht, von ihm zu erzählen?«

»Aber nicht dem da«, sagt die ideale Geliebte. »Der will beweisen, dass Moritz ein Staatsfeind war.«

»Dann beweisen wir das Gegenteil«, sagt Mia. »Der Mensch ist doch nur eine hübsche Verpackung für die Erinnerung. In unserem Fall für die Erinnerung an *ihn*.«

Die ideale Geliebte schweigt. Als sich Rosentreter unbehaglich räuspert und etwas sagen will, bedeutet ihm Kramer hinter Mias Rücken, dass er abwarten soll. Für einen Moment tauschen die Kontrahenten einvernehmliche Blicke. Mia springt auf, stellt sich ans Fenster und sieht hinaus.

»Moritz liebte die Natur. Schon als Kind konnte er Stunden damit verbringen, ein Blatt oder einen Käfer zu betrachten. Wissen Sie, wie viele verschiedene Käfersorten in einem einzigen Busch leben?«

»Die Liebe zur Natur ist der Prolog zur Menschenliebe«, sagt Kramer wie ein Stichwortgeber.

»Moritz liebte alles, was lebt. Auf seinem Nachttisch stand eine Holzkiste, in der er Weinbergschnecken hielt. Er gab ihnen Namen. Bei Nacht hoben die Schnecken mit ihren Häusern den Deckel an. Ihre Langsamkeit, sagte Moritz immer, macht sie unfassbar stark.«

»Er hätte auch gern so ein Haus gehabt«, sagt die ideale Geliebte, ins Träumen geraten. »Eines, das man immer mit sich herumtragen kann.«

»Während er schlief, krochen die Schnecken aus der Kiste und durchs Zimmer. Manchmal erwachte er am Morgen mit einer Schnecke auf der Wange. Ihn machte das glücklich. Ich ekelte mich. Wir teilten uns ein Zimmer.«

»An der Liebe zum Leben ist nichts Ekliges.« Während des Zuhörens hat Kramer angefangen, die Unterlagen auf Mias Schreibtisch zu sichten. Jetzt zieht er vorsichtig eine Schublade auf. »Soweit ich weiß, führen Kriechtiere im Gegensatz zu Menschen keine Kriege und bauen keine Massenvernichtungswaffen.«

»So ähnlich hat er es auch ausgedrückt. Er fühlte sich unverstanden, von unseren Eltern, von seinen Freunden, von mir. Als Kind hat er mehr mit Tieren und Pflanzen geredet als mit uns.«

»Und trotzdem warst du sein Lieblingstier«, sagt die ideale Geliebte. »Er hat den halben Garten nach dir benannt, wusstest du das? Bäume, Sträucher, Blumen, Vögel, Würmer. Überall Mia.«

Mia nickt und presst sich die Handballen auf die Augen.

»Als er krank wurde«, sagt sie, »mussten die Schnecken natürlich verschwinden. Ärzte gingen im Haus ein und aus, und meine Eltern wollten keinen Ärger. Ich glaube, Moritz hat ihnen das nie verziehen.«

»Krank?«, fragt Rosentreter überrascht. »Davon stand nichts in den Prozessakten.«

Kramer hebt die Achseln, um zu zeigen, dass auch er nicht weiß, wovon sie spricht.

»Er wurde restlos geheilt«, sagt Mia. »Eine erbliche Belastung lag nicht vor. Deshalb hat man dem Antrag auf Löschung der Registereinträge stattgegeben.«

»Verdammte Schlamperei«, sagt Kramer. »Das hätten meine Leute rekonstruieren müssen. Einen Kranken kann man ganz anders präsentieren.«

»Er war *geheilt*«, wiederholt Mia.

»Einmal krank, immer krank«, widerspricht Kramer. »Das prägt.«

»Die METHODE hat Moritz das Leben gerettet. So sehe ich das. Und das hat *mich* geprägt.«

»Was war es? Was hatte er?«, fragt Rosentreter.

»Leukämie«, sagt Mia und dreht sich um. Ihr Blick trifft Kramer, der gerade dabei ist, das Foto des erhängten Moritz zu betrachten.

»Ende der Vorstellung«, sagt sie. »Habe ich Sie glücklich gemacht, Schnüffler?«

»Sehr.« Kramer wischt sich ein paar Stäubchen vom Ärmel.

Rosentreter hat einen Finger ans Kinn gelegt und sieht abwesend vor sich hin. Die ideale Geliebte betrachtet ihn von der Seite und scheint ebenfalls ins Grübeln gekommen zu sein. Leu-kä-mie: Die drei ungewohnten Silben haben das Raumklima verändert. Ausgerechnet Kramer, der brillante Kramer bemerkt davon nichts. Er hat nach Hut und Stock gegriffen und strebt neuen Zielen zu.

»Sie haben gesprochen wie eine Dichterin. Ich darf Sie doch zitieren?«, fragt er, eine Hand schon auf der Türklinke.

Dann ist er verschwunden.

Ambivalenz

Um es mit dem Lieblingswort der Ratlosen zu sagen: Mias Verhältnis zu Kramer ist ambivalent. Es ist nicht einmal so, dass sie ihn nicht mögen würde. Als er ihr die Tasse heißes Wasser servierte, sich dabei über sie beugte und seine gesamte Konzentration auf dieses Ritual zu richten schien, sodass die Geste in beinahe absurder Vollendung gelang – da dachte sie sogar für einen kurzen Moment, dass sie ihn lieben könnte. Nicht für seine Höflichkeit, die letztlich immer nur dazu dient, eigene Gedanken zu verbergen, wenn auch auf angenehme Weise. Auch nicht für sein gutes Aussehen, das, wie alle schönen Dinge, von der Gewohnheit verschlissen wird, sodass Mia ihn schon beim zweiten Treffen nicht mehr schön oder hässlich finden konnte, sondern nur noch unbestreitbar vorhanden. Was ihr hingegen ins Mark fuhr, war seine Fähigkeit, eine Tasse auf eine Weise zu reichen, als nähme er eine heilige Handlung vor. In der Hingabe an einen so unscheinbaren Gegenstand zeigt sich eine Unbedingtheit im Umgang mit der Welt, die Mia, wenn sie ehrlich ist, bewundert. Kramer tut alles *ganz:* gehen, stehen, reden, sich kleiden – ganz. Er denkt und spricht mit einer Rücksichtslosigkeit, die darauf verzichtet, der ewigen Unentschiedenheit des Menschen auf dialektische Art zur Legitimation zu verhelfen. Wer offen zugibt, dass Glauben und Wissen für ein beschränktes Wesen wie den Menschen dasselbe sind; wer fordert, dass sich die Wahrheit deshalb der Nützlichkeit zu ergeben habe – der muss wohl ein Nihilist in Reinkultur sein.

Mia vollzieht seinen Spaziergang durch ihre Wohnung nach und versucht, Haushaltsgegenstände, Bücher und Schriften mit den Augen eines Geschichtenjägers zu betrachten. Auch sie ist Nihilistin, nur dass die Abwesenheit einer objektiven Wahrheit bei ihr nicht zur Unbedingtheit, sondern zu quälender Haltlosigkeit führt. Mia kann alles begründen, genau wie das jeweilige Gegenteil. Sie kann jeden Gedanken, jede Idee rechtfertigen oder angreifen; für oder gegen jede Seite streiten; sie könnte mit oder ohne Gegner Schach spielen, und niemals gingen ihr die Argumente oder Strategien aus. Vor langer Zeit ist Mia zu der Erkenntnis gelangt, dass die Persönlichkeit eines Menschen vor allem aus Rhetorik bestehe, aber anders als Kramer hat sie es nicht für nötig befunden, weitere Schlüsse daraus zu ziehen. Im Grunde wähnt sie Kramer und sich selbst aus ähnlichem Holz geschnitzt, nur dass er an einem Punkt, an dem Mia angehalten hat, einfach weitergegangen ist. Als gäbe es ein Ziel. Als gäbe es etwas zu wollen. Die brennende Frage, was Kramer will, was *man* überhaupt *wollen kann*, scheint auf mystische Weise im gekonnten Servieren einer Wassertasse Antwort zu finden. Für Sekunden fühlte sich Mia mit großer Kraft von Kramer angezogen.

Außerhalb dieser Sekunden, und nun kommen wir zur Ambivalenz, empfindet Mia vor allem Widerwillen. Denn alles soeben Gesagte und von Mia Gedachte ließe sich ebenso gut in andere Worte kleiden. Man könnte vom selben Ausgangspunkt andere Argumente aufeinanderstapeln, könnte wie beim Schach die Farbe wechseln. Dann wäre Kramer keine Ikone der Unbedingtheit, sondern bloß ein mächtiges Streben mit einer leeren Mitte. Ein Schnüffler. Eine lächerliche Figur.

Während Mia im Zimmer umhergeht, stützt sich die ideale Geliebte auf einen Ellbogen und protestiert.

»Antwort in einer Wassertasse? Mit großer Kraft angezogen vom Mörder deines Bruders? Du bist keine Frau!«

»Rousseau«, sagt Mia vor dem Bücherregal. »Mit Widmung von Moritz. Dostojewski. Orwell. Musil. Kramer. Agamben – auch mit Widmung. Habe ich übrigens nie gelesen.«

»Wenn eine wie du wissen will, welchem Geschlecht sie angehört, muss sie den Kopf zwischen die Beine schieben und nachsehen.«

»Kaum hundertzwanzig fehlende Kilometer«, sagt Mia vor dem Hometrainer. »Eine Sache von zwei Tagen.«

»Dein Kopf ist nur rund, damit die Gedanken ständig im Kreis rennen können. Aus dem gleichen Holz geschnitzt wie dein schlimmster Feind? Dann bist du kein Mensch.«

»Keine Frau, kein Mensch.« Am Schreibtisch blättert Mia die Unterlagen durch, in denen Kramer gelesen hat. »Aber auch keine Terroristin.« Noch einmal hebt sie Moritz' Foto ins Licht. Im Hintergrund verschwimmt die ideale Geliebte mit der Dämmerung und ist so still, als wäre sie gar nicht da. »Nur eine Hinterbliebene«, sagt Mia leise, während die Erinnerung draußen die Sonne untergehen lässt.

Ohne zu weinen

Mia saß noch am Schreibtisch, als es klingelte. Überrascht sah sie auf die Uhr: kurz nach Mitternacht. Das war kein gewöhnliches Klingeln, eher das Geräusch eines Zusammenbruchs, schrill, schrill, schrill, in regelmäßigen Intervallen, ohne Gnade, als wollte es nie wieder aufhören. Mia eilte zur Tür. Draußen stand Moritz und schaute seinem Zeigefinger dabei zu, wie er den Klingelknopf betätigte, immer wieder, bis Mia ihm die Hand wegzog. Endlich Stille. Wir haben ein paar Augenblicke Zeit, um zu begreifen, wer wirklich vor der Tür steht: Die Mordnacht. Vergangenheit.

»Was ist das denn für ein Auftritt? Willst du nicht reinkommen?«

Er beantwortete keine Fragen. Er tat nur einen einzigen Schritt in die Wohnung, blieb gleich wieder stehen und blickte sich um, als sehe er das alles zum ersten oder zum letzten Mal, wobei die zweite Möglichkeit zutrifft. Am Arm führte Mia ihn zur Couch.

»Erzähl schon. Wie war's? Wie war *sie*? Die – wie heißt sie noch gleich?«

»Sibylle.«

»War sie nett? Sympathisch?«

»Sie war tot.«

Mia und Moritz schauten sich an, und für einen Moment war es, als hätte die Sprache jede Bedeutung verloren, als besäßen die Worte, die Moritz soeben ausgesprochen hatte, für Mia nicht den geringsten Sinn. Ein paar Sekunden vergingen, die Erde drehte sich ein Stück, ein paar weitere Menschen starben an den verschiedensten Orten auf dem Planeten, andere wurden geboren. Schließlich gab Mia ihrem Bruder einen Schubs, der ihn regelrecht zusammenklappen ließ.

»Was – soll das heißen?«

»Ist das nicht verrückt? Wäre sie noch am Leben gewesen, könnte ich jetzt wahrscheinlich einen ganzen Roman erzählen. So aber gibt es erstaunlich wenig zu sagen.«

»Moritz, reiß dich zusammen! Rede!«

»Gut«, sagte er kläglich. »Aber ohne zu weinen, okay? Das hab ich schon versucht, aber es ging nicht. Nicht einmal auf dem Polizeirevier. Du glaubst mir trotzdem?«

»Natürlich«, sagte Mia beruhigend.

»Die mit den Seidenaugen. Mit der ich zusammen ins Gefängnis wollte. Freiheit zu zweit. Sie ist noch da.« Er fasste sich an den Kopf. »Hier drin. Der Rest ist ganz einfach.«

Danach schwieg er wieder. Mia bekämpfte ihr wachsendes Entsetzen durch dreimaliges Schlucken. Er hatte ihr so oft vorgeworfen, eine kaltherzige Rationalistin zu sein, dass sie ihm nicht ausgerechnet jetzt das Gegenteil beweisen wollte. Sie würde Haltung bewahren. Ein Fels in der Brandung sein, der jede Erschütterung ertragen konnte, ganz gleich, wie heftig sie ausfallen mochte.

»Ihr wart verabredet.«

»Unter der Südbrücke. Da habe ich sie alle getroffen. Wenn oben ein Zug vorbeifährt, ist es, als würde die Erde beben. Man kann sich im Schreck gleich aneinander festhalten. Ich war aufgeregt und bin extra einen Umweg gegangen, um nicht zu früh zu kommen. Erst dachte ich, sie ist gar nicht da. Oder schon wieder weg. Aber sie lag am Boden. Unten rum war sie … nackt. Ich habe sie an den Schultern gerüttelt, aufgehoben und wieder hingelegt. Ganz warm und weich war sie. Es hat lang gedauert, bis mir einfiel, den Puls zu fühlen. An den Handgelenken, am Hals. Als hätte ich vergessen, dass Menschen einen Puls besitzen.«

»Ein Albtraum.«

»Bis die Polizei kam, ist eine Menge Zeit vergangen. Ich saß neben ihr und habe mit ihr zusammen gewartet. Wir haben uns gut verstanden. Sie sah noch besser aus als auf dem Foto.«

Moritz rieb sich die Augen, die Wangen, die Kopfhaut, als wäre er unendlich müde, kaum noch in der Lage zu sprechen. Als er endlich damit fertig war, sah er Mia an.

»Ich saß neben einer Leiche und dachte, dass

ich mich noch nie einem Menschen so nah gefühlt hatte. Wir schienen so viel miteinander zu teilen, mehr als Liebe. Wir teilten ihren Tod.«

Er streckte eine Hand aus, die Mia sofort ergriff.

»Hältst du mich für verrückt?«

»Die Welt«, sagte Mia. »Nicht dich.«

Eine Weile lauschten sie der Leere, die sie umgab. Dann holte Mia tief Luft.

»Die Polizei, was hat die von dir gewollt?«

Er versuchte zu antworten und hielt plötzlich inne, während ihm ein breites Erstaunen die Stirn in Falten legte. Seine Hand nahm er zu sich zurück.

»Warum fragst du das?«

»Weil es wichtig ist.«

»Was sollte die Polizei denn von mir gewollt haben, deiner Meinung nach?«

»Komm schon, Moritz, darum geht's nicht.«

»Mia Holl, hast du mir zugehört?«

»Sag mir, was die Polizei von dir gewollt hat.«

»Ich habe sie *gefunden*, Mia. Kapierst du das? Ich bin ein *Zeuge*. Deshalb wollte die Polizei meine *Zeugenaussage*. Klingt das logisch, Mia Holl? Genug Logik für dich?

»Moritz!«

»Du bist meine Schwester. Du hast versprochen, mir zu glauben.«

Sie waren beide aufgesprungen. Mia lief ihm nach, als er plötzlich zur Tür ging. Sein Rücken war eine Skulptur aus Verzweiflung und Wut.

»Es tut mir leid«, rief Mia. »Ich mache mir Sorgen um dich. Du weißt nicht, wie das ist. Immerzu Sorgen! Lass uns reden. Du kannst hier übernachten!«

Aber Moritz war schon weg.

»Das ist doch dein Zuhause, Moritz«, sagte Mia zur geschlossenen Tür. »Ich bin doch dein Zuhause.«

Unser Haus

Mia presst noch immer die Wange an das Holz der Tür und flüstert etwas von Moritz und Zuhause und dass das alles nicht wahr sein könne, da klingelt es ein weiteres Mal, schrill, schrill, schrill. Als Mia die Tür aufreißt, ist es nicht mehr Nacht, sondern helllichter Tag, und draußen steht auch nicht Moritz, sondern die Gegenwart, in diesem Fall zu dritt. Alle drei sind mit Mundschutz bekleidet; zwei treten einen Schritt zurück, um Abstand zwischen sich und Frau Holl zu bringen.

»Mia«, ruft jene, die stehen geblieben ist, »ich wollte nicht herkommen!«

»So geht das nicht, Driss«, keift die Pollsche. »Wir machen gemeinsame Sache, wie besprochen.«

»Ich nicht«, sagt Driss, und zu Mia: »Die haben mich gezwungen.«

»Lasst mich reden, Kinder«, sagt Lizzie. »Guten Tag erst mal, Frau Holl.«

»Guten Tag«, sagt Mia mit unendlicher Müdigkeit. Sie ahnt, was die Nachbarinnendelegation von ihr will. Dass sie die Tür noch nicht zugeschlagen hat, liegt allein an den flachen Augen von Driss. Über der weißen Maske spiegeln sie eine Zuneigung, die süchtig macht. Außerdem will Mia den konkreten Anlass dieses Überraschungsbesuchs erfahren.

»So ein tolles Foto«, sagt Driss. »Sie sehen so schön aus, Mia. Und gleich auf der ersten Seite!« Als sie sich umwendet und die Hand nach einem Exemplar des GESUNDEN MENSCHENVERSTANDS ausstreckt, um es Mia zu zeigen, zieht die Pollsche die Zeitung weg.

»Ich bin im GESUNDEN MENSCHENVERSTAND abgebildet?« Mia streckt ebenfalls eine Hand aus, was Lizzie und die Pollsche weiter zurückweichen lässt.

»Vor allem ist heute das hier gekommen.« Lizzie zieht einen Brief aus der Kitteltasche und hält ihn mit beiden Händen. Wenn Gott nicht tot wäre, könnte man meinen, sie wolle sein Wort verlesen. »Datum, Betreff, in oben bezeichneter Sache, und so weiter. Hier. ›Demnach ist eine Bewohnerin Ihres Hauses nach Gesundheitsordnung vorbestraft. Wir weisen Sie darauf hin, dass dieser Umstand nächstes Jahr einer Wiederverleihung der Wächterhausplakette im Weg stehen könnte.‹«

»Mir ist der Brief egal«, sagt Driss. »Aber der Artikel ist schön. Von Ihrem Freund. Kommt er mal wieder zu Besuch?«

»Der Brief ist *nicht* egal«, sagt die Pollsche hinter Lizzies Rücken. »Das ist nicht nur *Ihr* Haus, Frau Holl.«

»Das ist *unser* Haus«, sagt Lizzie. »Da steckt viel Mühe drin.«

»Sorge. Sauberkeit.«

»Es ist ja nicht wegen Ihnen persönlich. Es ist nur so, dass wir auch allgemein um Verständnis bitten müssen.«

»Geben Sie mir die Zeitung«, sagt Mia.

»Allgemein wär's besser, und für Sie persönlich wahrscheinlich auch«, sagt Lizzie, »wenn Sie, ich meine, den Standort wechseln würden.«

»Wie bitte?«, fragt Mia. Im Wohnzimmer beginnt die ideale Geliebte zu lachen.

»Wegen mir sollen Sie hierbleiben, Mia«, sagt Driss. »Ich find's toll, dass Sie die Schwester von einer Berühmtheit wie Moritz Holl sind.«

»Bist du jetzt irre, Driss?«, fragt die Pollsche. »Willst du auch noch drankommen?«

»Eine wie du steht als Nächstes in der Zeitung«, sagt Lizzie.

»Verschwinden Sie«, sagt Mia.

»Umgekehrt«, ruft die Pollsche, »*Sie* sollen verschwinden!«

»Lasst mich in Ruhe!«, schreit Mia.

Als sie ins Treppenhaus tritt, ergreifen die Nachbarinnen die Flucht. Im Schreck lässt die Pollsche den GESUNDEN MENSCHENVERSTAND fallen; die Zeitung bleibt auf dem Treppenabsatz zurück.

Bedrohung verlangt Wachsamkeit

Der Gesunde Menschenverstand,
Montag, 14. Juli:

»Bedrohung verlangt Wachsamkeit«
Ein Kommentar von Heinrich Kramer

Optimismus ist eine Tugend. Gestern Abend aber ging bei den Behörden erneut eine terroristische Drohung ein, die deutlich macht, dass die gegenwärtigen Probleme mit Tugend allein nicht in den Griff zu bekommen sind.

Die Gefährdung unseres Landes durch radikale Widerstandsgruppen erhöht sich von Tag zu Tag. Es ist an der Zeit, dass sich Politik und Öffentlichkeit den Tatsachen stellen. Es leben Menschen unter uns, die einen völlig unverdächtigen Lebenswandel führen und doch die Bereitschaft in sich tragen, auf gewalttätige Weise gegen die Methode und damit gegen jeden Einzelnen von uns zu kämpfen. Jederzeit können harmlos wirkende Nachbarn, Bekannte, Kollegen oder Kommilitonen für einen Anschlag aktiviert werden. Die Tätertypologie der Terroristen ist aufgrund der Tarnung in alltäglichen Lebens- und Arbeitswelten schwer zu erfassen. Zwar liegen dem Methodenschutz umfassende Kenntnisse über operative Ressourcen, Agitationspläne und Kommunikationsstrukturen in den Kernzellen der R.A.K. vor. Das Netzwerk aus Sympathisanten, fanatisierten Einzelkämpfern und unabhängigen Widerstandsgruppen ist jedoch weit und selbst bei sorgfältigster Sicherheitsarbeit kaum zu überblicken.

Die konkreten Inhalte der jüngsten Drohung unterliegen aus Methodenschutzrechtlichen Gründen nach wie vor einer Informationssperre. Zuverlässige Quellen nehmen an, dass es sich um die Ankündigung eines Angriffs mit biologischen Waffen handelt. Wie jeder weiß, bilden unsere Luftreinigungsanlagen und die Trinkwasserversorgung nach wie vor Angriffsflächen für den Einsatz von Bakterien und Viren.

Auch über die mutmaßlichen Urheber und Hintermänner der Drohung vom Wochenende kann noch nichts Genaues bekannt gegeben werden. Für die Experten liegt es jedoch nahe, einen Zusammenhang mit dem Tod des 27-jährigen Studenten Moritz Holl zu vermuten. Dieser war unlängst in den Blickpunkt des Methodenschutzes gerückt. Obwohl er zweifelsfrei des Mordes an einer jungen Frau überführt worden war, hatte er immer wieder seine Unschuld beteuert und dadurch einen enormen Pressewirbel verursacht (der GESUNDE MENSCHENVERSTAND berichtete). Im Mai dieses Jahres hat sich Moritz Holl durch Selbstmord dem weiteren Zugriff der Behörden entzogen. Sein berüchtigter Satz ›Ihr opfert mich auf dem Altar eurer Verblendung‹ ist in methodenkritischen Kreisen zur Parole geworden.

Neuesten Erkenntnissen zufolge hat Moritz Holl in seiner Kindheit eine schwere Krankheit durchgemacht. ›Er fühlte sich immer unverstanden‹, sagt Mia Holl, seine Schwester. ›Von unseren Eltern, von seinen Freunden, von mir. Als Kind hat er mehr mit Tieren und Pflanzen geredet als mit uns.‹ Diese und andere Indizien sprechen dafür, dass Moritz Holl als ein Gefährder einzustufen ist, dessen Tod der R.A.K. als Anlass für weitere Aktionen dienen wird.

›Die Frage ist nicht, ob die schmutzige Bombe platzt, sondern nur, wann‹, sagte der Sicherheitsminister heute Morgen auf einer Pressekonferenz. Die Behörden tun alles, um jeden einzelnen Bürger zu schützen. Aber sie sind auf unsere Unterstützung angewiesen. Zivile Wachsamkeit ist gefragt. Methodenschutz geht alle an und darf nicht zum hilflosen Selbstbetrug eines wohlmeinenden und friedliebenden Systems verkommen. Bürger, haltet die Augen offen!«

Die Zaunreiterin

Die ideale Geliebte hat mit zarter Stimme vorgetragen. Aus ihrem Mund klingen Kramers Tiraden wie Verse eines epischen Gedichts. Als sie fertig ist, unterbricht Mia, die schon wieder auf dem Hometrainer sitzt, ihr wütendes Anarbeiten gegen Kilometerfehlstände und applaudiert.

»Bravo! Ein Meisterwerk. ›Er fühlte sich immer unverstanden, sagt Mia Holl, seine Schwester.‹ Das ist hohe Kunst.«

»So eine Dreistigkeit hat die Welt noch nicht gesehen«, sagt die ideale Geliebte, deren Wangen vor Zorn ganz fleckig sind.

»Solche Dreistigkeit sieht die Welt Tag für Tag«, sagt Mia. »Da genügt der Blick in eine handelsübliche Zeitung.«

»Weißt du, was ich dir gerade vorgelesen habe?«

»Eine Hetzschrift im Krieg gegen den Anti-Methodismus.«

»Nein. Deine persönliche Anklageschrift.«

»Du übertreibst.« Mia hat das Fahrradfahren wieder aufgenommen und tritt heftig in die Pedale. »Ich wusste gar nicht, dass Wahnvorstellungen unter Wahnvorstellungen leiden können.«

»Du kapierst nichts, Mia Holl. Er hat Moritz öffentlich als Terroristen bezeichnet und deinen vollen Namen genannt. Das ist das Ende deiner Anonymität. Was gedenkst du zu tun?«

»Tun?« Mia lacht. »Wieso etwas tun? Ich sitze hier und erfülle meine Sportpflichten, während sich die Welt um mich herum in Spiralen einem unbekannten Ziel entgegendreht. Wie du siehst, ist das Ganze schon schlimm genug, ohne dass ich etwas *tue*.«

»Du willst immer alles harmlos haben. Moritz war ein Kindskopf, nicht wahr? Und Kramer, der ist wohl ein politischer Schwärmer? Und du – du bist eine unbescholtene Bürgerin auf einem Fahrrad? Ich sag dir, was du bist. Ein Feigling. Dein ganzes Rationalisieren, dein Für und Wider, dein Besser-und-am-besten-Wissen dient einem einzigen Zweck: ein Leben lang mit den Achseln zucken zu dürfen.«

»An gezuckten Achseln ist noch niemand gestorben. Aber an Heldentum und *Ideen* und Selbstaufopferung ist die Welt schon unzählige Male zugrunde gegangen. Was willst du von mir? Soll ich mich aus dem Fenster lehnen, Kramers Kopf fordern und die Revolution ausrufen?«

»Nicht die schlechteste Vorstellung.«

»Es reicht!« Mias Tonfall verrät, dass sich unter dem Spott echte Wut verbirgt. »Ich habe genug von deinem vagen Gerede.«

»Es geht auch konkreter.« Die ideale Geliebte muss ein paar Mal durchatmen, um sich zu beruhigen. »Schritt eins: Du begreifst, dass Moritz der METHODE zum Opfer gefallen ist und dass dieser Kramer daran beteiligt war. Schritt zwei, du sprichst folgenden Satz: Die METHODE hat meinen Bruder getötet und sich damit als Unrechtssystem offenbart. Schritt drei, du rufst Rosentreter an. Schritt vier, ihr verklagt Kramer wegen böswilliger Verleumdung. Schritt fünf, ihr sucht nach einem frei denkenden Journalisten und gebt ihm ein Interview, in dem du erklärst …«

»Oh«, höhnt Mia, »da wird *dieser Kramer* aber große Angst bekommen. Hervorragender Vorschlag, meine ideale Geliebte. Das fügt der Wirkungslosigkeit menschlichen Strebens auch noch die Lächerlichkeit des Versuchs hinzu.«

»Merkst du was? Du greifst Schritt vier und fünf an, ohne die ersten beiden auch nur bedacht zu haben. Du hast Angst, Mia Holl. Wenn du die ersten beiden Schritte vollzogen hättest, wenn du dich endlich zu deinem Bruder bekennen würdest, käme dir alles Weitere nicht mehr lächerlich vor.«

Das hat gesessen. Manchmal kommt es vor, dass jemand auf gewaltige Weise recht hat und dass dieses Rechthaben jede Antwort überflüssig macht. Es unterbricht den ewigen Kreislauf des Einerseits-Andererseits. Eine geradezu himmlische Ruhe tritt ein. Mia schaut nach unten, sieht ihren Füßen beim Bedienen der Pedale zu und denkt für ein paar Sekunden an gar nichts.

»Weißt du, was eine Hexe ist, Mia?«

Überrascht hebt die Angesprochene den Kopf und muss sich anstrengen, um ihre Konzentration auf den neuen Begriff zu richten.

»Eine Hexe, mit Buckel und Besen? Die im Backofen oder auf dem Scheiterhaufen endet?«

»Das Wort kommt von Hagazussa. Die Hexe ist ein Heckengeist. Ein Wesen, das auf Zäunen lebt. Der Besen war ursprünglich eine gegabelte Zaunstange.«

»Was hat das mit mir zu tun?«

»Zäune und Hecken sind Grenzen, Mia. Die Zaunreiterin befindet sich auf der Grenze zwischen Zivilisation und Wildnis. Zwischen Diesseits und Jenseits, Leben und Tod, Körper und Geist. Zwischen Ja und Nein, Glaube und Atheismus. Sie weiß nicht, zu welcher Seite sie gehört. Ihr Reich ist das *Dazwischen*. Erinnert dich das an jemanden?«

Darauf erwidert Mia nichts. Sie steigt vom Hometrainer und stellt sich ans Fenster. Ein Vogel ist im Blumenkasten gelandet, pickt enttäuscht an den künstlichen Blüten und sieht Mia vorwurfsvoll an, bevor er davonfliegt.

»Wer keine Seite wählt«, sagt die ideale Geliebte, »ist ein Außenseiter. Und Außenseiter leben gefährlich. Von Zeit zu Zeit braucht die Macht ein Exempel, um ihre Stärke unter Beweis zu stellen. Besonders, wenn im Inneren der Glaube wackelt. Außenseiter eignen sich, weil sie nicht wissen, was sie wollen. Sie sind Fallobst.«

»Ich bin doch keine Außenseiterin«, sagt Mia schwach.

»Tief in deinem Herzen bist du der Meinung, dass der Umgang mit anderen Menschen Zeitverschwendung ist. Mit wenigen Ausnahmen, von denen die eine Hälfte tot und die andere dein Todfeind ist. Das reicht fürs Außenseitertum.«

Während die äußere Mia störrisch tut, als verstünde sie nicht, worauf die ideale Geliebte hinauswill, ist die innere Mia mit der traurigen Aufgabe beschäftigt, ihr in allen Punkten recht zu geben. Natürlich weiß Mia, worum es geht. Die METHODE gründet sich auf die Gesundheit ihrer Bürger und betrachtet Gesundheit als Normalität. Aber was ist *normal*? Einerseits alles, was der Fall ist, das Gegebene, Alltägliche. Andererseits aber bedeutet »normal« etwas Normatives, also das Gewünschte. Auf diese Weise wird Normalität zu einem zweischneidigen Schwert. Man kann den Menschen am Gegebenen messen und zu dem Ergebnis kommen, er sei normal, gesund und folglich gut. Oder man erhebt das Gewünschte zum Maßstab und stellt fest, dass der Betreffende gescheitert sei. Ganz nach Belieben. Solange man dazugehört, dient dieses Schwert der Verteidigung. Befindet man sich draußen, stellt es eine schreckliche Bedrohung dar. Es macht krank.

Wenn Mia einen öffentlichen Raum betritt, ganz egal, ob es sich um ein Kaufhaus, einen Hochgeschwindigkeitszug oder ihre Arbeitsstelle handelt, dann niemals mit dem Gefühl, in ein gemachtes Nest zu kommen. Sie läuft nicht herein, schreit Hallo, klopft allen auf die Schultern und fragt, wo ihr Teil vom Kuchen stehe. Meistens hofft sie, von niemandem bemerkt zu werden. An manchen Tagen horcht sie ins Treppenhaus, ob alles still ist, bevor sie die Wohnung verlässt. Sie braucht Zeit und Raum für sich selbst und ihre Gedanken. Nach der Arbeit geht sie nach Hause statt zur Gemeinschaftsaktivität. Abends sitzt sie auf ihrem Hometrainer statt im Vorstand eines Sportvereins. Sie unterhält sich mit einer Unsichtbaren – nicht mit der besten Freundin oder einem Ehemann.

Die ideale Geliebte will sagen, dass Mia genau wie Moritz ist. Nur dass Mia versucht, ihr Anderssein hinter besonderer Systemtreue zu verstecken, während Moritz es wie eine Trophäe zur Schau getragen hat. Noch hat keiner Mia als »unnormal« bezeichnet. Aber auch »normal« würde sie niemand nennen. Sie sitzt auf dem Zaun.

»Du willst mich warnen?«, fragt sie.

Die ideale Geliebte nickt stumm.

»Das ist lieb«, sagt Mia, »aber überflüssig. Man kann sich seinen Platz im Leben nicht aussuchen. Man bringt nur die Bretter mit. Das Gehäuse, in dem man seine Tage verbringt, zimmern die anderen.«

»*Eine* Entscheidung gibt es immer«, sagt die ideale Geliebte. »Man kann Täter sein – oder Opfer.«

Darauf antwortet Mia mit einem Satz, der die ideale Geliebte verzweifelt den Kopf in den Armen bergen lässt:

»Ich finde beides ausgesprochen unerfreulich.«

Fell und Hörner, zweiter Teil

»Natürlich ist das unerfreulich«, sagte Moritz. »Deshalb ziehe ich es vor, keins von beiden zu sein. Wie übrigens in den meisten Fällen.«

Zum Zeichen der Versöhnung hatte auch Mia Schuhe und Strümpfe ausgezogen und die Hosenbeine aufgerollt. Nebeneinander ließen sie die Füße im fließenden Wasser baumeln.

»Übrigens hab ich in der Nacht noch gehört, was du gesagt hast.« Moritz stieß sie leicht in die Seite. »An der Tür.«

»Dass ich dein Zuhause bin?«

Die Angel fiel zu Boden, weil Moritz sie plötzlich an sich drückte, so fest, dass sie fast zwischen seinen Armen verschwand. Der größte Fluch des Menschen besteht darin, dass er die glücklichsten Momente seines Lebens immer erst im Nachhinein erkennt.

»Kommst du klar?«, fragte Mia, als er sie wieder losgelassen hatte.

»Ich glaube schon. Man studiert nicht sein halbes Leben lang Philosophie, um dann mit dem Phänomen des Todes nicht zurechtzukommen.«

Moritz hob einen Zeigefinger und begann zu deklamieren, mit einem Gesichtsausdruck, der beweisen sollte, dass er wieder ganz der Alte war.

»Wir kommen aus dem Dunkel und gehen ins Dunkel. Dazwischen liegen Erlebnisse. Aber Anfang und Ende, Geburt und Tod werden nicht erlebt. Sie haben keinen subjektiven Charakter, sie fallen ganz ins Gebiet des Objektiven. So ist es damit.«

Mia musste lachen, weil sie den imitierten Professor erkannte.

»Man lebt also für sich selbst und stirbt für die anderen«, sagte sie.

»Das ist das Schöne daran«, sagte Moritz. »Andersherum wäre es eine Katastrophe. Man darf nur beim Für-sich-Leben nicht vergessen, recht viele Haken zu schlagen, um den anderen aus dem Weg zu gehen. Denn weißt du, was jede Begegnung mit anderen bedeutet?«

»In deinem Fall vermutlich Ärger.«

»Den Zwang zur Entscheidung. Entweder, du begehst einen Verrat an dir selbst, oder du sagst, was du denkst – und bringst dich in Gefahr.«

»Das war doch schon immer so«, sagte Mia ungeduldig, weil die Stimmung gerade so gut war und sie keine Lust auf eine politische Diskussion hatte. »Das hat nichts mit der METHODE zu tun.«

»Sag ich doch! Es beginnt, wenn du in einen Zug steigst. Vielleicht willst du ein lautes Lied singen oder die Frau mit den vielen Einkaufstüten küssen, oder du hast keine Lust, das Fahrgeld zu bezahlen, weil es völlig überteuert ist. Aber du zahlst, bist still, setzt dich hin und versteckst dein Gesicht hinter dem GESUNDEN MENSCHENVERSTAND. Weißt du, warum ich mich niemals einer Gruppe anschließen würde, der R.A.K. zum Beispiel, falls es sie überhaupt gibt? Mein Problem wäre genau dasselbe wie beim Leben mit der METHODE. Man würde mich zwingen, bestimmte Dinge zu denken, zu sagen oder zu tun. Aber der einzige Anspruch, den ich stelle, ist der auf meine persönliche Wirklichkeit. In meinem Kopf lebt Sibylle weiter. In meinem Kopf gibt es Freiheit. In meinem Kopf tanzen und trinken und feiern die Menschen bei Nacht auf den Straßen, und die Polizei steht daneben, plaudert und guckt zu. Wenn ein Anwohner kommt, um sich über den Lärm zu beschweren, hebt ein Polizist träge den Kopf und sagt: Wenn es Sie stört, dann holen Sie doch die Polizei.«

Moritz lachte, fummelte eine Zigarette aus der Tasche und zündete sie an. Mia runzelte die Stirn, griff aber nicht ein.

»Ich will nicht streiten«, sagte sie. »Aber deine persönliche Wirklichkeit führt dazu, dass du dich der allgemeinen Wirklichkeit nicht stellst.«

»Ganz richtig.« Moritz klemmte die Zigarette zwischen die Zähne und warf seine Angel neu aus. »Man muss flackern. Subjektiv, objektiv. Subjektiv, objektiv. Anpassung, Widerstand. An, aus. Der freie Mensch gleicht einer defekten Lampe.«

Bevor Mia etwas erwidern konnte, raschelte es im Gebüsch. Sie schaute auf und dachte an Rehe oder an Riesenbazillen mit Fell und Hörnern, aber was auf die Lichtung trat, war ein uniformierter Polizist. Noch einer. Und noch einer. Moritz erschrak dermaßen, dass er nicht einmal dazu kam, die brennende Zigarette ins Wasser zu werfen. Kaum eine Sekunde verging, da hatten sie ihn schon auf die Beine gezogen, ihm die Arme auf den Rücken gedreht und mit Handschellen fixiert.

»Moritz Holl«, sagte der erste. »Sie sind verdächtig der Vergewaltigung und des Mordes an Sibylle Meiler.«

»Sie haben das Recht zu schweigen«, sagte der zweite. »Alles, was Sie äußern, kann vor Gericht gegen Sie verwendet werden.«

»Sie haben das Recht auf einen Anwalt«, sagte der erste.

»Lassen Sie ihn los!«, rief Mia.

»Wenn Sie etwas stört«, sagte Moritz, dessen Blick verzweifelt an seiner Schwester hing, »dann holen Sie doch die Polizei.«

»Wir entschuldigen uns für die entstandenen Unannehmlichkeiten«, sagte der dritte Polizist.

Das Recht zu schweigen

Und dann war er weg«, sagt Mia zum Fluss. »Ich bin sicher, er hat sich im Gefängnis nach dir und deinen Fischen gesehnt.«

Sie hat Schuhe und Strümpfe ausgezogen und lässt die Füße im Wasser baumeln. Der Platz neben ihr ist leer. An den wöchentlichen Spaziergängen hält sie fest, auch ohne Moritz. Aus der üblichen Strecke ist ein Passionsweg mit verschiedenen Stationen geworden. Warnschild, Unterholz, Trampelpfad. Am Ende die Kathedrale, erbaut aus Lichtung und Fluss.

»Vermutlich hätte er sein Leben ein zweites Mal gegeben, um dich noch einmal wiederzusehen.«

Eifersüchtig schlägt Mia mit den Fußsohlen auf die Wasseroberfläche, dass es spritzt. Der Fluss bleibt ungerührt und fließt. Als es im Gebüsch raschelt, erschrickt sie dermaßen, dass sie nicht einmal dazu kommt, die brennende Zigarette ins Wasser zu werfen. Was auf die Lichtung tritt, hat das Zeug zum Albtraum.

»Mia Holl«, sagt der erste Polizist. »Sie sind verdächtig der methodenfeindlichen Umtriebe sowie der Führung einer methodenfeindlichen Vereinigung.«

Ehe Mia begreift, was vor sich geht, hat man sie auf die Beine gehoben und ihr die Arme auf den Rücken gedreht.

»Auf wen haben Sie hier gewartet?«, fragt der zweite Polizist.

»Sie haben das Recht zu schweigen«, sagt der erste Polizist.

Der zweite fasst härter zu, bis Mia aufschreit.

»Na los!«, ruft er. »Mit wem treffen Sie sich hier?«

»Mit niemandem«, sagt Mia. »Ich will meine Schuhe anziehen.«

»Wir entschuldigen uns für die entstandenen Unannehmlichkeiten«, sagt der dritte Polizist.

Mias rechte Hand berührt eine Stelle an ihrem eigenen Rücken, die ihr immer als unerreichbar galt. Ein fremder Daumen auf dem Kehlkopf entbindet sie von der Verpflichtung zu schreien. Schmerz lässt weiße Flecken durchs Blickfeld wirbeln. Mit vereinten Kräften schleifen die Uniformierten sie durch die Kathedrale.

Der Härtefall

Es sind Möbel hinzugekommen, Möbel und Menschen. Mehr Tische, Stühle und schwere Pulte, mehr schwarze Puppen und erstmalig seit dem Beginn von Mias Prozess ein paar Zuschauer in Zivil. Ein Team von Journalisten packt seine Ausrüstung aus. Der Raum wirkt größer, was daran liegt, dass es der Hauptverhandlungssaal ist. Vorn erkennt Mia die Richterin Sophie mit ihrem blonden Pferdeschwanz und der Neigung, bei Nervosität auf dem Bleistift zu kauen. Dazu den Vertreter des öffentlichen Interesses, Staatsanwalt Bell, der sich wie immer an der Tischkante festhält und eine verächtliche Miene zur Schau trägt, weil er einen staatlich verbrieften Anspruch darauf besitzt, alles besser zu wissen als der Rest der Welt. In der ersten Reihe der Zuschauerbänke sitzt Kramer und schaut unentwegt zu Mia herüber, als hätte er sie vermisst. Gelegentlich winkt er ihr zu. Darüber hinaus kennt Mia natürlich Lutz Rosentreter, der zu spät kommt, neben ihr Platz nimmt und seine Unterlagen ordnet, von denen er große Mengen mitgebracht hat. Er vermeidet den Blickkontakt mit sämtlichen Anwesenden und macht einen zufriedenen Eindruck, als wäre er in Gedanken mit einer angenehmeren Sache beschäftigt.

»Richter Hutschneider als stellvertretender Vorsitzender«, sagt Rosentreter leise zu Mia, während er weiter in seinen Dokumenten blättert. »Richter Weber von der Landeskammer für Methodenschutz. Zwei Beisitzer, eine Beamtin der Geschäftsstelle und der Protokollant. Ein Arzt und die Sicherheitswacht, um auf dich aufzupassen. Ein ganzes Theater, dir zu Ehren. Du kannst stolz auf dich sein.«

In der Tat fühlt Mia eine Mischung aus Furcht und unsinniger Freude, wie ein Kind am Vorabend der eigenen, groß angelegten Geburtstagsparty. Nur ihr Festkleid hätte sie sich ein wenig komfortabler gewünscht. Sie trägt einen weißen Anzug aus Papier, der bei jeder Bewegung raschelt. Der Arzt nähert sich, um sie zum dritten Mal an diesem Tag mit Desinfektionsmittel einzusprühen. Auf Anweisung eines Beisitzers liest er den Chip in ihrem Oberarm ab.

»Schluss mit Klein-Klein und den betulichen Versuchen, dir zu helfen«, sagt Rosentreter. »Beim Methodenschutz hat man Format.«

»Wo warst du die ganze Zeit?«, fragt Mia. »Erst hängst du dich an mich dran, und wenn ich dich brauche, bist du verschwunden. Fast hätten sie mir einen anderen Anwalt bestellt.«

»Ich war forschen. Extrem interessanter Untersuchungsgegenstand.«

»Wie schön, dass du dich weiterbildest.«

Rosentreter sieht Mia zum ersten Mal an und strahlt über das ganze Gesicht. Offensichtlich ist er in seiner gegenwärtigen Gemütsverfassung außerstande, ironische Untertöne zu deuten.

»Das Verfahren ist eröffnet«, sagt Sophie und schickt einen Blick durch den Raum, der über Mia hinweggeht, als wären sie einander noch nie begegnet und hätten auch heute nichts Besonderes miteinander vor. »Die Anwesenheit der Prozessbeteiligten wird festgestellt. Ich bitte um Verlesung der Anklageschrift.«

Umständlich erhebt sich Bell von seinem Platz.

»Santé, die Herrschaften.« Er schlägt seine Handakte auf, obwohl er den Text auswendig kann. »Der Angeklagten werden methodenfeindliche Umtriebe in Tateinheit mit der Führung einer methodenfeindlichen Vereinigung zur Last gelegt. Weiterhin wiederholter Missbrauch toxischer Substanzen in besonders schwerem Fall. Die Staatsanwaltschaft begründet das wie folgt. Erstens. Die Angeklagte führt öffentlich und privat methodenfeindliche Reden. Nach Angaben des Zeugen Kramer ist sie davon überzeugt, dass ihr Bruder zu einem Opfer des Systems geworden sei. Nach eigener Aussage lehnt es die Angeklagte deshalb ab, sich weiterhin der Rechtsmacht unseres Staates zu unterwerfen. Ich zitiere.« Bell raschelt mit seiner Akte. »Mia Holl im Originalwortlaut: ›Ich vertrete die Auffassung, dass ich ohne Einmischung der Behörden am besten klarkomme. Ich möchte von den Institutionen der Methode in Ruhe gelassen werden.‹«

»Schon gut«, sagt Sophie. »Gerichtsbekannt. Ich war dabei.«

»Zweitens. Die Angeklagte wurde an einem Ort aufgegriffen, der dem Methodenschutz als Treffpunkt mutmaßlicher R.A.K.-Sympathisanten bekannt ist. Dort rauchte sie nach Aussage der Sicherheitswacht eine Zigarette.«

»Auch von der Neigung der Angeklagten zu Rückfällen weiß das Gericht«, sagt Sophie mit einem Zynismus, der nicht zu ihr passt.

»Auf die Frage, was sie am Treffpunkt der Methodenfeinde zu schaffen habe, äußerte die Angeklagte, dass sie mit *niemandem* verabredet sei. Möglicherweise verbirgt sich hinter dem Decknamen *Niemand* ein Verbindungsmann der R.A.K.«

»Absurde Spekulation«, sagt Rosentreter. »Taugt bestenfalls zum Kalauer.«

»Warten Sie, bis Sie dran sind«, sagt Sophie. »Nur für den Fall, dass Sie einen Ausschluss vom Verfahren vermeiden wollen.«

»Ich beantrage, den Zeugen Kramer zur Verhandlung zuzulassen«, sagt Bell. »Weiterhin bittet die Staatsanwaltschaft darum, eine Gesinnungsprüfung durchführen zu dürfen.«

»Stattgegeben«, sagt Sophie. »Jetzt Ihr Antrag, Herr Verteidiger?«

»Das Verfahren wird ausgesetzt«, sagt Rosentreter. »Zunächst ist eine Vorfrage zu klären, die die Zuständigkeit des Gerichts betrifft.«

»Sie halten an Ihrem Härtefallantrag fest?«, fragt Sophie in fast schon amüsiertem Erstaunen.

»Absolut. Weiterhin wird das Gericht wegen Befangenheit abgelehnt.«

Ein Raunen geht durch den Saal. Die Richterin sieht Rosentreter an, der ihren Blick selbstbewusst erwidert. Dann beugt sie sich zu Hutschneider und Weber, um ein paar geflüsterte Sätze zu tauschen.

»Abgewiesen«, sagt sie dann. »Der Prozess wird fortgesetzt. Ich empfehle der Verteidigung, sich an die Spielregeln zu halten. Im Interesse der Mandantin. Frau Holl, bitte kommen Sie zur Gesinnungsprüfung nach vorn.«

»Geh«, sagt Rosentreter zu Mia, die dem bisher Gesagten mit verständnisloser Miene gelauscht hat, als sehe sie sich einen Film in fremder Sprache an. Erst nachdem Rosentreter sie in die Seite gestoßen hat, steht sie auf, umrundet in ihrem raschelnden Anzug die Anklagebank und setzt sich an den kleinen Tisch vor dem Richterpult.

»Muss ich was schwören?«, fragt sie.

»Zeugen können vereidigt werden, Beschuldigte nicht«, sagt Sophie. »Vielleicht sollten Sie sich einen Anwalt suchen, der Sie von den Abläufen in Kenntnis setzt. Für das ... nächste Mal.«

»Frau Holl, wir bitten Sie zunächst um einige persönliche Angaben«, sagt Bell.

»Ich bin Naturwissenschaftlerin«, sagt Mia. »Keine Terroristin.«

Im Zuschauerraum wird gelacht, was die Richterin mit einer drohenden Handbewegung quittiert.

»Kommen Sie«, sagt Bell. »Sie reden doch so gern. Jetzt haben Sie Gelegenheit dazu. Was denken Sie über unser politisches System?«

»Die Naturwissenschaft«, sagt Mia, »hat die lange Ehe zwischen dem Menschen und dem Übermenschlichen geschieden. Die Seele, Spross dieser Verbindung, wurde zur Adoption freigegeben. Geblieben ist der Körper, den wir zum Zentrum aller Bemühungen machen. Der Körper ist uns Tempel und Altar, Götze und Opfer. Heilig gesprochen und versklavt. Der Körper ist alles. Eine Entwicklung von zwingender Logik. Verstehen Sie, was ich sage?«

»Nein«, sagt Bell.

»Jedes Wort«, sagt Sophie. »Weiter.«

»Wer in der Lage ist, das Zwingende einer Entwicklung zu erkennen, sieht keinen Sinn darin, sich gegen den Lauf der Dinge zu stemmen. Sie wollen über Methodenfeinde reden? Über die R.A.K.? Über Revolution?« Mia belebt sich und schiebt die Ärmel ihres Papieranzugs zurück. »Ich werde Ihnen sagen, was ich von Revolutionen halte. Revolution ist, wenn sich die Gruppe der Vielen gegen die Gruppe der Wenigen erhebt, welche eine Zeit lang für sie die Entscheidungen treffen durfte, obwohl sich die Wenigen durch nichts von den Vielen unterscheiden. Was würden Sie denken, wenn Sie ein Rudel Wölfe sähen, das seinen Anführer tot beißt?«

Sie dreht sich nach Kramer um, als gälten ihre Ausführungen allein ihm. Er hebt das Kinn und bedeutet ihr, nach vorn zu sehen.

»Zeit für einen neuen Chef, würden Sie denken, die Natur regelt ihre Angelegenheiten. Es ist einfach. Wenn wir von Revolutionen sprechen, von Macht und Unterlegenheit, Politik, METHODE, Wirtschaft, allgemeinem und persönlichem Wohl, und wenn wir noch tausend andere Begriffe erfänden, um zu erfassen, was uns wichtig und kompliziert erscheint – es bliebe doch immer nur eins: eine Sache unter Menschen. Seit keine Götter mehr im Spiel sind, ist das alles reichlich banal geworden. Ein Rudel Wölfe, das alle paar Jahre sein Leittier vertreibt.«

Bell ist unruhig geworden und droht unter seiner Robe schon wieder zu einem Haufen Knochen auseinanderzufallen.

»Ich glaube nicht«, sagt er, »dass wir Ihre Ausführungen verstanden haben.«

»Ich schon«, sagt Sophie. »Frau Holl erklärt, dass sie keinen Sinn sieht in einer Revolution zwischen Menschen, die sich, unserer allgemeinen Auffassung nach, in ihrem Wert nicht voneinander unterscheiden. Ich werde diese Aussage zu den Entscheidungsgründen nehmen.«

»Moment«, sagt Hutschneider. »Frau Holl sagt auch, dass sie es für normal hält, wenn ein Rudel, also, ich meine, eine Gesellschaft, alle paar Jahre ihre … Anführer … ihre Regierung … außer Kraft setzt.«

»Aber ich«, ruft Mia, »will damit nichts zu tun haben! Mein Bruder warf mir vor, dass ich der METHODE nur deshalb anhänge, weil ich die Menschen verachte. Dem konnte ich wenig entgegensetzen. Tatsache bleibt, dass ich eine Anhängerin der METHODE bin.«

»Wenn Sie eine Staatsform befürworten, weil Sie die Menschen verachten, dann verachten Sie auch den Staat«, sagt Hutschneider schlau und tippt bei jeder Silbe mit dem Stift in die Luft.

»Ist das eine Verhandlung oder ein Debattierclub?«, ruft Bell und fährt sich mit der Hand in den Kragen, als ob ihm die Luft im Raum zu stickig würde.

»Erste Verwarnung«, sagt Sophie.

»Unser System lehrt uns, die Vernunft zu gebrauchen«, sagt Mia. »An mir ist alles Vernunft. Schon in der Schule hat man mir beigebracht, jedes Problem von mindestens zwei Seiten zu betrachten. Die Vernunft zerlegt alles in zwei einander widersprechende Teile. Unter dem Strich der Rechnung steht null.«

»Jetzt bin ich wieder an Bord«, ruft Bell. »Frau Holl hält ein Plädoyer für die Gewissenlosigkeit!«

»Die Vernunft macht mich zu einem Grenzfall, zu einem Wesen des Dazwischen. Zu einer Instanz ohne jede Entscheidungsmöglichkeit. Ich bin absolut ungefährlich.«

»Das Gegenteil scheint mir der Fall«, sagt Hutschneider.

»Frau Holl«, sagt Sophie und tut etwas, was sie noch nie getan hat: Sie fasst sich an den Hinterkopf und löst ihren Pferdeschwanz auf. »In einem unserer vergangenen Gespräche behandelten wir den Zusammenhang zwischen persönlichem und allgemeinem Wohl. Können Sie dem Gericht noch einmal Ihre private Sicht auf diese Frage schildern?«

»Ein Staat«, beginnt Mia gehorsam, »muss dem natürlichen Streben der Menschen nach Leben und Glück dienen. Anders ist Herrschaft nicht legitimierbar. Es muss gelingen, das persönliche und das allgemeine Wohl zur Deckung zu bringen.«

»Darauf richten sich die Bemühungen einer großen Anzahl von Personen«, sagt Sophie. »Ich glaube, behaupten zu können: mit einigem Erfolg.«

»Schön«, sagt Mia leise. »Aber ich weiß nicht, ob das ausreicht: mit einigem Erfolg. Vielleicht verlangt diese Form der Legitimation etwas Menschenunmögliches: Unfehlbarkeit.«

»Das war's!«, frohlockt Bell. »Jetzt haben wir sie. Frau Holl will darauf hinaus, dass Fehler bei der Anwendung der METHODE ... zu einem Widerstandsrecht ...« Seine Stimme überschlägt sich, er gerät aus dem Takt. »Die Staatsanwaltschaft bittet ...«

»Antrag«, sagt Rosentreter. Bislang hat er mit halb geschlossenen Augen auf seinem Platz gesessen, ohne zu verraten, ob er Mias Befragung überhaupt folgt. »Ich beantrage die Einführung von verfahrensrelevantem Material aus der Sache Moritz Holl in den vorliegenden Prozess.«

Als Mias und Sophies Blicke sich treffen, kehrt einen Moment Ruhe ein. Auf den Feldern vor der Stadt sinken vermoderte Zäune lautlos in sich zusammen. Bis zum Horizont drehen sich die Windräder, ein langsames, behäbiges Drehen, das immer aussieht, als würden die Rotoren den Wind erzeugen und nicht von ihm bewegt werden. Dabei ist es der Wind, denkt Mia, nur Wind, der dafür sorgt, dass hier das Licht brennt, während Menschen einander die Gesinnung prüfen. Die Welt, denkt sie, ist eine Spiegelung an der Außenseite meines Verstands. Als der Moment vorbei ist, hat sie schon vergessen, was Rosentreter soeben verlangt hat. Den Sinn seines Antrags hat sie ohnehin nicht begriffen.

»Stattgegeben«, sagt Sophie.

Und unterschreibt damit ihr berufliches Todesurteil. Ironischerweise glaubt sie, der Unmut von Hutschneider und Weber stelle in dieser Situation das größte Problem für sie dar. Die beiden werden wütend auf sie sein. Die Einführung von prozessfremdem Material wird das Verfahren verlängern, obwohl Übereinkunft herrscht, dass sich Rosentreter, dieser nette Junge, in eine Sache verrannt hat, die ihm längst über den Kopf gewachsen ist. Wegen des politischen Drucks ist der Fall auch ohne einen überforderten Verteidiger schon schwierig genug.

Trotzdem kann Sophie nicht anders, als dem Anwalt sein Intermezzo zu gestatten. Zum einen ist es die juristisch korrekte Entscheidung, da nicht nur die Angeklagte, sondern auch die Staatsanwaltschaft ständig von Moritz Holl spricht. Zum anderen hat sich Rosentreter offensichtlich eine Menge Arbeit gemacht. Er tut Sophie leid, wie er da sitzt, seine ausgebreiteten Unterlagen übereinanderschiebt und anscheinend gar nicht weiß, wo er anfangen soll. Seine mühsam unterdrückte Vorfreude missdeutet die Richterin als Nervosität.

Auf eine ähnliche Weise, wie sich Rosentreter für nett hält und von anderen dafür gehalten wird, gilt Sophie sich selbst und allen, die sie kennen, als gut. Zum Gutsein gehört das unbedingte Bemühen, alles richtig zu machen. Wer gut ist, muss einen Fall umfassend beleuchten, auch wenn die Angeklagte unsympathisch ist und die Herren Bell, Hutschneider und Weber zu spät zum Mittagessen kommen. Wer gut ist, muss die Arbeit anderer Menschen respektieren, auch wenn sie schwitzen, Papiere von der Anklagebank werfen und den Steckplatz für die mitgebrachte Speicherkarte nicht finden. Mit diesen Überlegungen, die für das Durchwandern eines menschlichen Kopfes erstaunlicherweise nicht mehr als ein paar Bruchteilssekunden brauchen, stürzt sich Sophie, die für gar nichts irgendetwas kann, ins Verderben.

Endlich hat Rosentreter die richtige Schnittstelle an seinem Pult gefunden. Mias Gesicht verschwindet von der Projektionswand; dafür erscheint Moritz, hübsch, jungenhaft, mit einem verschmitzten Lächeln und mit Augen, aus denen, wie man so sagt, der Schalk blitzt. Mia, die darauf nicht vorbereitet ist, wendet sich ab und bedeckt das Gesicht mit den Händen. Rosentreter hebt den Zeigefinger; das Bild wechselt, und der Verhandlungssaal wird von einer merkwürdigen Fotografie überstrahlt. Zu sehen ist eine kreisrunde Scheibe, unter der mehrere bohnenförmige Gebilde schwimmen. Die gekrümmten Leiber sind von körnigem Schwarz und von einer weißlichen Hülle umgeben.

»Blut«, sagt Rosentreter. »Allerdings von besonderer Art.«

Wieder hebt er den Zeigefinger. Das nächste Bild zeigt eine große Anhäufung weißer Blasen mit wenigen roten dazwischen.

»Die weißen Blutkörperchen sind enorm vermehrt. Man erkennt deutlich die Leukozyten.«

»Was soll das werden?«, fragt Bell. »Ein Seminar in klinischer Diagnostik?«

»Wir müssen Sie bitten, zur Sache zu kommen«, sagt Hutschneider, der abwechselnd die Richterin und den Strafverteidiger mit bösen Blicken bedenkt.

An der Wand erscheint eine Grafik aus farbigen Rechtecken und Kreisen, die mit Abkürzungen wie AML, ALL und CLL versehen sind.

»Leukämiezellen breiten sich im Knochenmark

aus«, sagt Rosentreter. »Sie können Leber, Milz und Lymphknoten infiltrieren und ihre Funktion beeinträchtigen. Im Alter von sechs Jahren traten bei Moritz Holl Symptome wie Blässe, Schwäche und Knochenschmerzen auf. Auch neigte er zu spontanen blauen Flecken.«

»Sein ganzer Körper war damit übersät«, sagt Mia. »Er sah immer aus, als wäre er verprügelt worden.«

»Einspruch, Euer Ehren!«, sagt Bell. »Ich sehe nicht, wieso diese unerfreuliche Darbietung …«

»Stammzellentransplantation«, fährt Rosentreter unbeirrt fort. »Neben der Anwendung von monoklonalen Antikörpern und der Medikation ist das eine übliche Behandlungsmethode.«

Im Saal ist Unruhe aufgekommen, die Rosentreter geflissentlich zu überhören versucht. Dass die vorsitzende Richterin begonnen hat, auf dem Bleistift zu kauen, treibt ihn zu einem höheren Redetempo.

»Der klassische Weg für die Stammzellentransplantation ist die Übertragung von rotem Knochenmark. In früheren Zeiten gestaltete sich die Suche nach kompatiblen Spendern ausgesprochen schwierig. Dank der METHODE verfügen wir heute über Datenbanken, in denen die Gewebemerkmale sämtlicher Bürger verzeichnet sind. Seitdem sind anonyme Pflichtspenden möglich. Mit berechtigtem Stolz können wir sagen: Bei uns stirbt niemand mehr an Leukämie!«

»Das ist erfreulich«, sagt Sophie. »Da ich nicht einsehe, was Ihre Erläuterungen zur Sache beitragen, entziehe ich Ihnen trotzdem das Wort.«

»Nur noch ein paar Sätze!«, ruft Rosentreter. »Die eigentliche Transplantation ist unspektakulär. Das Transplantat wird über einen Katheter in den Empfänger übertragen. Das neue Knochenmark findet selbst seinen Weg in die Knochen und beginnt nach etwa zehn Tagen mit der Produktion von frischen Blutkörperchen.«

»Jetzt reicht's aber!«, ruft Bell.

»Vielleicht sollten wir den Ordnungsdienst…«, sagt Hutschneider.

»Oder gleich die Sicherheitswacht«, meint Weber.

»Frau Vorsitzende«, sagt Kramer aus dem Zuschauerraum. »Ich bitte dringend darum, diesen Vortrag auf der Stelle zu beenden.«

Im allgemeinen Durcheinander erklingt seine Stimme so voll und tragend, dass sie nicht aus einer menschlichen Kehle, sondern eher von der Saaldecke zu kommen scheint. Das Gemurmel im Publikum erstirbt. Kramers Erscheinung hingegen will nicht zur gebieterischen Kraft seiner Worte passen. Er sitzt kerzengerade, die Hände auf den Knien. Er ist bleich geworden, und auch nachdem er fertig gesprochen hat, bewegen sich seine Lippen lautlos weiter, als wäre er damit beschäftigt, sich selbst zu erklären, was um ihn herum geschieht. Er wirkt wie ein Mann, der zum ersten Mal im Leben vom

Lauf der Ereignisse überrumpelt wird. Dabei ist er der Einzige im Raum, der soeben begriffen hat, worauf Rosentreter hinauswill. Was Rosentreter gefunden hat. Kramer und Mia sehen sich an. Das System ist menschlich, könnten seine stummen Lippen jetzt flüstern. Natürlich weist es Lücken auf.

»Herr Kramer«, sagt Sophie. »Sie sind kein Prozessbeteiligter. Sie haben kein Recht, hier zu sprechen.«

Würde jetzt die berühmte Stecknadel fallen – jeder könnte sie hören. Selbst Rosentreter steht zur Statue erstarrt vor der Projektionswand; sein nächster Satz ist ihm im Hals stecken geblieben.

»Dafür entschuldige ich mich in aller Form«, erwidert Kramer. »Aber leider kann ich nicht anders …«

Als Kramer sich erhebt, kehrt das Leben in Rosentreter zurück.

»Nach der Transplantation besitzt der Leukämiekranke die Blutgruppe seines Spenders!« Rosentreter prescht voran wie ein Flüchtender, der nur noch eine Möglichkeit sieht, vor der Flinte des Heckenschützen ins Ziel zu kommen: Geschwindigkeit. »Er übernimmt auch das Immunsystem seines Spenders. Und er übernimmt …«

»Rosentreter!«, ruft Kramer.

»Die DNA!«

Der Anwalt hat einen Arm erhoben, als wolle er Kramer mithilfe geheimnisvoller Kräfte auf seinen

Platz bannen. Das Bild an der Wand wird ausgetauscht. Zu sehen ist das Gesicht eines männlichen Unbekannten, etwa fünfzig Jahre alt, glatt rasiert und mit tief eingegrabenen Falten, die das Foto fast wie eine Skizze wirken lassen.

»Das«, sagt Rosentreter, »ist Walter Hannemann. Der mutmaßliche Mörder von Sibylle Meiler und der Knochenmarkspender von Moritz Holl.«

»Ich wusste es, Moritz!«, schreit Mia und hat die Augen zur Zimmerdecke erhoben. »Das musst du mir glauben! Ich habe es die ganze Zeit gewusst!«

Die Situation löst sich in ihre Bestandteile auf. Bell hat sein Pult verlassen, hält Rosentreter am Ärmel und redet ohne Punkt und Komma auf ihn ein. Die völlig überforderte Sicherheitswacht hat für alle Fälle Mia an den Schultern gepackt. Hutschneider spricht Unverständliches ins Telefon. Die Zuschauer drängen aus dem Saal, die Journalisten nach vorn, wobei sie bereits üben, sich gegenseitig mit Fragen an Mia Holl zu überschreien. Auf den Feldern vor der Stadt wenden die Kraftwerke schwerfällig ihre Rotoren mit dem wechselnden Wind. Inmitten des Tumults ist Kramer auf die Bank zurückgesunken, untersucht seine Nagelhaut und streicht sich immer wieder über die tadellos sitzende Frisur. Sophie sitzt mit offenen Haaren auf ihrem Platz und bemüht sich nicht einmal, das Gesicht zu verstecken, während ihr Tränen über die Wangen laufen. Ein alkalisch-salziges Drüsenprodukt, denkt Mia, die der

Richterin aufmerksam beim Weinen zusieht. Eine Flüssigkeit, die von starker Nervenerschütterung aus dem Körper gepresst wird. Wie man weiß, befinden sich auch Lipide und Mucine darin.

»Sophie«, sagt Mia. »Es ist nicht Ihre Schuld.«

Ob die Richterin Mias Worte in dem Lärm vernommen hat, ist unbekannt. Sie werden einander nicht wiedersehen.

Das ist die Mia

Driss ist die Treppen mit großen Sprüngen hinaufgerannt, hat den Finger auf Lizzies Klingelknopf gelegt und nicht mehr losgelassen, bis die Tür aufging. Statt Lizzie öffnet die Pollsche. Blass steht sie im Türrahmen, als hätte sie soeben ein Gespenst gesehen.

»Das Fernsehen an!« Bevor Driss zu Ende gesprochen hat, hört sie, was in der Wohnung los ist. Das Fernsehen läuft bereits, und zwar in sämtlichen Räumen.

»Stammzellen«, sagt die Pollsche. »Justizskandal. Ich versteh kein Wort.«

»Weil du blöd bist!«, ruft Lizzie aus der Küche. »Alle haben sich geirrt. Das Gericht. Die Polizei. Alle haben sich geirrt. Man kann sich auf *nichts* mehr verlassen.«

»Das ist wieder die Mia!«

Driss steht wie angewurzelt auf der Schwelle und zeigt auf die Bilder an der Wand.

Mias Gesicht verschwindet fast hinter den Mikrofonen. »Sie ist eine Gute! Das hab ich ja gleich gewusst.« Störrisch schüttelt Driss die Hände der Pollschen ab, die sie in die Wohnung ziehen wollen. »Als Einzige hab ich es gewusst.«

»Frau Holl«, fragt die Stimme eines Reporters, »bedeutet das Ergebnis des heutigen Verhandlungstags eine Überraschung für Sie?«

»Er war mein Bruder. Ich kannte ihn.«

»Frau Holl, wie fühlen Sie sich jetzt?«

»Ich schäme mich. Ich habe an seine Unschuld geglaubt. Aber vielleicht nicht genug.«

»Was meinen Sie damit?«

»Ich habe ihm geglaubt, aber nicht die entsprechenden Konsequenzen daraus gezogen.«

»Frau Holl, kann die METHODE, wenn sie mit derartigen Fehlern behaftet ist, noch als legitim gelten?«

»Diese Frage«, sagt Mia, »werde ich nicht beantworten.«

»Besser ist das!«, ruft Lizzie über den Flur.

»Aber ich werde diese Frage *stellen*«, sagt Mia. »Immer wieder.«

»Das ist die Mia«, flüstert Driss.

Das ist sie tatsächlich, sie kommt gemeinsam mit Rosentreter die Treppe hinauf. Sie trägt wieder ihre normale Kleidung und schaut beim Gehen auf ihre Füße.

»Mia«, sagt Driss, als die beiden den Absatz erreicht haben, »es tut uns so leid.«

»Dir vielleicht«, sagt die Pollsche.

»Schaut mich nicht an«, schreit Mia. »Wer mich anschaut, kriegt die Pest! Tuberkulose! Cholera! Leukämie!«

Der Pollschen gelingt es, Driss mit einem Ruck in die Wohnung zu ziehen.

Die Tür schlägt zu.

»Komm«, sagt Rosentreter. »Da. Die Treppe rauf.«

Der größtmögliche Triumph

Das ist der größtmögliche Triumph!«

Rosentreter lässt den Korken aus einer Flasche illegalen Champagners knallen. Er feiert einen historischen Augenblick, die Ouvertüre zu einem großen politischen Oratorium, und selbst wenn dieses Oratorium niemals erklingen sollte, will er die Ouvertüre, die wirklich von unvergleichlicher Schönheit ist, in vollen Zügen genießen. Die dumpfen Pauken, Herzschläge eines zu Tode erschreckten Systems. Die Posaunen der Pressestimmen, die sich in nie geahnte Höhen schrauben. Die beruhigenden Harfenklänge politischen Abwiegelns, dazu das aufgeregte Streichkonzert der öffentlichen Meinung.

»Aber am schönsten ist das Schweigen der Ersten Geige!« Vor Vergnügen schlägt sich Rosentreter auf den Oberschenkel. Dann gießt er Champagner in zwei Wassergläser.

Mia steht am Fenster und schaut zu, wie der Nachthimmel über den Dächern an der Vorbereitung eines Sommergewitters arbeitet. Sie fühlt sich wie ein Passagier, der tagelang auf dem Bahnsteig gestanden und wartend in eine neblige Ferne geblickt hat, und dann kommt der Zug – aus der anderen Richtung. Der Champagner, den Rosentreter eingeschenkt hat, wird langsam wärmer zwischen ihren Händen.

Der Verteidiger hat sein Glas schon halb ausgetrunken; der Champagner trägt ihn wie ein fliegender Teppich. An den Alkohol ist Rosentreter genauso wenig gewöhnt wie an juristische Erfolge. Er war kein brillanter Student; seine Noten an der Universität zeugten eher von der Sympathie seiner Professoren als von seinem Talent. Auf den heutigen Tag hat er sein halbes Leben lang gewartet. Trotzdem hat Rosentreter nicht vor, über dem Triumph den Kopf zu verlieren. Gewiss flimmert sein Gesicht in diesem Augenblick durch alle Wohnzimmer im Land. Gewiss sieht es aus, als müsse er nur auf die Terrasse treten, um zu den bewegten Massen zu sprechen. Aber ein kluger Mann weiß, dass das Glück zwar gern mit dem Starken geht, aber niemals für lange Zeit.

»Auf eine so gewaltige Ouvertüre«, erklärt Rosentreter, »lässt der versierte Künstler erst einmal eine Phase der Ruhe folgen. Wir werden uns jetzt bedeckt halten. Sorgfältig die nächsten Schritte abwägen. Schließlich bin ich ein Mann des Hintergrunds. Schon immer gewesen. Santé.«

»Santé«, sagt die ideale Geliebte, die immer, wenn der Anwalt nicht hinguckt, aus der Flasche trinkt.

Mia hört keine Ouvertüren. Mia sieht Sturm. Weil die Straße nur von einer Seite beleuchtet ist, taumeln Baumschatten wie besoffen über die Fassaden der gegenüberliegenden Häuser und scheinen sich schwankend an den Händen zu halten. Der Wind fährt den Häusern in alle Ritzen, reitet auf offen stehenden Türen und blättert in Papierstößen auf Schreibtischen. Er lässt Jalousien wie Kastagnetten klappern, bringt Schaukeln und Wippen in den Gärten zum Schwingen, dass es aussieht als amüsierten sich dort kleine Unsichtbare beim Spiel, und klatscht sich selbst Beifall mit den Planen eines Baugerüsts. Auf den Dächern der Stadt rumort es, als hätten sich ein paar mächtige Wesen zum Kegeln verabredet. Gibt es noch Menschen? Der Sturm hat sie in ihre Häuser getrieben, wo sie in ihren Kammern zu schlafen versuchen wie eingesperrte Tiere in Kartons, mühsam den Lärm ignorierend, den die Natur veranstaltet; qualvoll realisierend, wie wenig sie bedeuten mit ihren kleinen, aufgeblähten Leben, während Stadt und Himmel beschließen, einen *Pas de deux* aufzuführen. Die Menschen sind keine Teilnehmer an diesem Spiel. Sie sind weniger als Zuschauer. Bestenfalls etwas wie trockene Blätter, beiseitegefegt und in den Rinnstein getrieben.

»Keine Interviews«, verkündet Rosentreter. »Keine Fernsehauftritte. Möglichst wenig in der Öffentlichkeit erscheinen. Wozu gibt es Lieferservice, Boten und Telekommunikation? Du, Mia, wirst am besten für eine Weile das Haus nicht verlassen. Hörst du überhaupt zu?« Er greift ins Leere, weil die ideale Geliebte die Champagnerflasche etwas zu weit links auf den Couchtisch gestellt hat.

»Mia«, sagt die ideale Geliebte. »Du solltest ein bisschen feiern. Dein Anwalt redet viel, aber nicht ohne Vernunft.«

Der Sturm hat die Windräder längst erfasst, ihre Rotoren scheinen sich aufzulösen in der Geschwindigkeit. Mia stellt sich vor, wie das Brummen anschwillt, zum Dröhnen wird, und wie sie dann abheben: Ein Gespann aus eintausend riesigen Flugzeugen, von denen man nur die Propeller sieht. Sie richten die Schnauzen gegen den Himmel, steigen steil hinauf und tragen die Stadt mit sich fort.

»Ab heute«, sagt Mia langsam, »macht *sein* Name jede Vernunft unmöglich. Ab heute tue ich alles aus Liebe und frei von Furcht.«

»Wie bitte?«, fragt die ideale Geliebte.

»Ich habe endlich begriffen, was du seit Tagen predigst. Es reicht nicht, an einen Menschen zu *glauben*. Es reicht nicht einmal, von seiner Unschuld zu *wissen*. Es geht darum, sich mit ganzem Wesen zu ihm zu *bekennen*.«

»Korrekt«, sagt die ideale Geliebte. »Und jetzt kommst du her und trinkst einen Schluck.«

»Hör zu«, sagt Mia.

»Mach ich doch«, sagt Rosentreter mit beschwipstem Lächeln. Es ist der erste Alkohol seines Lebens.

»Wochenlang warst du nicht bei dir«, sagt die ideale Geliebte zu Mia. »Jetzt bist du es zu sehr.«

»Hör mir sehr genau zu.« Endlich dreht Mia sich um, steht frei im Raum und schaut die ideale Geliebte an. »Schritt zwei«, zitiert sie. »Die METHODE hat meinen Bruder getötet und sich damit als Unrechtssystem offenbart.«

»Schon«, sagt Rosentreter, während die ideale Geliebte betroffen zu Boden sieht. »Aber es bringt nichts, die Dinge zu überstürzen.«

»Schritt drei, ich werde jemanden anrufen. Aber nicht den da.« Sie lacht Rosentreter ins Gesicht. »Der ist ja schon da. Schritt vier: ein Pamphlet aufsetzen. Schritt fünf: es veröffentlichen.«

»Mia!«, ruft die ideale Geliebte. »Würdest du bitte mal eine Sekunde nachdenken?«

»Ihr habt mich doch vorangetrieben! Ihr wolltet ein Flaggschiff, eine Galionsfigur!«

»Es täte mir leid, zum *Sie* zurückzukehren, Mia Holl«, sagt Rosentreter vorsichtig. »Der *pluralis majestatis* ist mir erst recht nicht geheuer.«

»Ich habe die Pest«, sagt Mia lachend. »Lepra. Cholera. Ich bin krank. Ich bin frei. Krank. Frei.«

Rosentreter wischt sich die Nase mit dem Handrücken.

»Du bist nicht krank«, sagt er.

»Ab jetzt werde ich mich nicht mehr umdrehen, wenn jemand meinen Namen ruft.«

»Wir müssen verhindern, dass sie dich beschädigen. Wir brauchen dich intakt.«

Als Mia auf Rosentreter zutritt, leuchtet etwas im

Hintergrund ihrer Augen, das den Anwalt zurückweichen lässt.

»Ich brauche euch gar nicht«, sagt sie. »Verschwindet.«

»Das«, ruft die ideale Geliebte, »hätte Moritz nicht gewollt!«

Mia hält inne und schaut sich um.

»Bist du sicher?«, fragt sie. »Ganz sicher?«

Als die ideale Geliebte schweigt, hebt Mia ihr volles Glas und schüttet den Inhalt Rosentreter über die Brust.

»Lauf durch die Stadt mit deinem nach Alkohol stinkenden Triumph«, sagt sie. »Lauf, wenn du nicht willst, dass dich die Erste Geige hier trifft.«

Rosentreter steht still, Champagner tropft von seinem Anzug. Dann zieht er die Jacke um sich, als wäre ihm kalt, geht ein paar Schritte rückwärts, wendet sich ab und erreicht die Tür. Mia sieht ihm nach, eine Hand auf der Schulter der idealen Geliebten.

»Weißt du, was die Wahrheit ist?«, fragt die ideale Geliebte. »Du bist verloren. So oder so. Du willst es nicht anders.«

»Die Wahrheit«, sagt Mia, »sieht man immer nur aus dem Augenwinkel. Kaum dreht man den Kopf, hat sie sich in eine Lüge verwandelt.«

Woraufhin sie zum Telefon geht und eine Nummer wählt.

»Geben Sie mir Heinrich Kramer.«

Die zweite Kategorie

»Wie finden Sie es eigentlich so?«

»Was?«

»Das Leben.«

Mia ist in der Küche damit beschäftigt, den Wasserkocher zu befüllen. Sie schneidet Zitronenscheiben und stellt zwei Tassen bereit. Kurz schaut sie ins Wohnzimmer, als wollte sie sich vergewissern, dass ihr Besuch noch anwesend ist.

»Oh«, sagt Kramer. »Sehr ordentlich. Wirklich.«

Er sitzt neben der idealen Geliebten auf der Couch und sieht aus wie immer. Seine Wangen sind weder blass noch auffällig gerötet. Er hat nicht einmal die Hände in die Hosentaschen geschoben. Die Verlegenheit, in die er im Gerichtssaal geraten ist, wird ihm ein Leben lang peinlich sein. Als Mia ihn ansieht, lächelt er ihr zu.

»Ich habe eine wunderschöne Frau mit langen braunen Haaren und zwei niedliche Kinder, die sich an meine Hosenbeine hängen und ›Papa, Papa‹ rufen, wenn ich heimkomme.«

»Klingt gut.«

»Ist es auch. In persönlichen Belangen ist der Mensch auf simple Abläufe programmiert. Liebe, Hass, Angst, Zufriedenheit, Vertrauen …«

»Rache …«

» … und Rache. Unser Dasein besteht aus wenigen Zutaten. Vor allem das Glück ist eine schlichte Angelegenheit. Es gibt zwei Sorten von Ereignissen: gute, also dem Menschen förderliche, und schlechte, die ihn behindern. Alles dreht sich darum, dem Leben möglichst viele Bestandteile aus der ersten und möglichst wenige aus der zweiten Kategorie beizumischen.«

»Klingt wahr.«

»Ist es auch. Und Sie? Wo ist Ihr Mann? Wo sind Ihre Kinder?«

»Ich stelle die Fragen.« Mia kommt mit zwei Tassen herein und bemüht sich, ihren Gast mit vollendeter Höflichkeit zu bedienen. »Falls Sie versuchen sollten, den Spieß umzudrehen, werde ich Ihnen meinen toten Bruder entgegenhalten. Ihr Gewissen ist heute ein schwanzwedelndes Hündchen, das mir die Hände leckt.«

»Ich habe kein Gewissen, Frau Holl.«

»Aber ein Gespür für politische Notwendigkeiten. Das ist etwas sehr Ähnliches.«

»Schön!« Kramer lacht. »Sie lernen, Ihre Waffen zu gebrauchen.«

»Und Sie lernen, Schläge einzustecken. Wie fühlt sich das an?«

»Schlecht. Aus der zweiten Kategorie.« Behutsam nimmt Kramer einen Schluck. »Gestern Nachmittag, während Sie noch auf Ihre Freilassung warteten, hat sich eine Gruppe von Unzufriedenen vor dem Gericht versammelt. Nicht viele; die Sicherheitswacht zählte hundert Mann. Aber die METHODE sieht das nicht gern.«

»Und währenddessen liebäugeln Ihre Kollegen mit meinem Fall.«

»Zu großen Teilen, in der Tat. Selbst befreundete Journalisten … Zum Beispiel dieser junge Herr Würmer von WAS ALLE DENKEN. Haben Sie das gehört?«

»Nein.«

»Ich kenne ihn gut, er ist quasi mein Schüler. Und was erzählt er in seiner Sendung? Die Stärken eines politischen Systems bestünden doch vielleicht gerade darin, sich neuen Entwicklungen anzupassen wie ein gut sitzender Mantel. Schließlich sei ein legitimer Staat wie ein Schuh, den man nicht spürt, solange er nicht drückt. Als ob Würmer jetzt in der Bekleidungsindustrie tätig wäre. Erstaunlich, wie sie plötzlich alle die Köpfe aus ihren Löchern strecken.«

»Und Sie? Keine Lust zum Konvertieren?«

»Jetzt beleidigen Sie mich. Denken Sie schlecht von mir, aber halten Sie mich bitte nicht für einen Opportunisten.«

»Das kränkt den Fanatiker.«

»Das kränkt den Ehrenmann. Es geht mir nicht um Anpassung, weder als Schuh noch als Mantel. Für den Augenblick stehen die Dinge ungünstig.

Wir müssen kämpfen. Bis zum letzten Blutstropfen, wie man in den guten alten Zeiten sagte.«

»Eins verstehe ich nicht«, sagt Mia. »In meiner Erinnerung höre ich Sie tönen, das Menschliche sei ein dunkler Raum, in dem wir herumkriechen wie blinde Kinder. Warum sind Sie bereit, dafür Blut zu vergießen? Und gar den letzten Tropfen?«

»Ich bin ein Überzeugungstäter. Das sollten Sie wissen. Ich bin überzeugt, dass sich aus dem natürlichen Lebenswillen ein politisches Recht auf Gesundheit ergibt. Ich bin überzeugt, dass ein System nur dann gerecht sein kann, wenn es an den Körper anknüpft – denn durch unsere Körper, nicht im Geiste sind wir einander gleich. Und ich bin überzeugt, dass das Menschenbild der METHODE allen anderen historisch überlegen ist.«

Aufmerksam sieht Mia zu, wie Kramer während des Sprechens in Rednerpose gerät. Er zieht das Kinn auf die Brust, lässt die Augenbrauen auf und nieder wandern und verlagert das Gewicht, um den rechten Arm zum Gestikulieren frei zu haben.

»Schauen Sie in die Geschichtsbücher«, fährt er fort. »Dort sehen Sie, was es bedeutet, wenn Menschen verliebt in ihre Krankheiten sind. Noch vor fünfzig Jahren zeigten Kinder stolz ihre aufgeschürften Knie. Erwachsene Menschen malten einander Herzchen aufs Gipsbein. Jeder klagte über Heuschnupfen, Rückenschmerzen und Verdauungsprobleme und wollte doch immer nur eins: unverdiente Aufmerksamkeit. Wehleidigkeiten aller Art galten als ernst zu nehmende Gesprächsgegenstände. Arztbesuche wurden zum Volkssport. Die Krankheit war den Menschen Existenzbeweis – als wären sie nicht in der Lage gewesen, sich selbst zu spüren, solange ihnen nichts wehtat! Jahrhunderte lang hat man die Schwäche angebetet, man hat sie sogar zum Kern einer Weltreligion erhoben. Man kniete vor dem Bild eines magersüchtigen, bärtigen Masochisten, der eine Stacheldrahtrolle auf dem Kopf trug, während ihm das Blut übers Gesicht lief. Der Stolz der Kranken, die Heiligkeit der Kranken, die Selbstliebe der Kranken: Das waren die Übel, die den Menschen von innen fraßen.«

»Das Leben«, sagt Mia leichthin, »beginnt nun einmal auf der Höhe seiner Kraft, um sich von diesem Punkt aus, immer abwärts führend, seinem Ende zu nähern. Ein grober dramaturgischer Fehler.«

»D'accord. Und hinter die Erkenntnis, dass es diesen Fehler nicht anzubeten, sondern auszubügeln gilt, kann niemand mehr zurück. Was sollte vernünftigerweise dagegen sprechen, Gesundheit als Synonym für Normalität zu betrachten? Das Störungsfreie, Fehlerlose, Funktionierende: Nichts anderes taugt zum Ideal.«

»Sehr schön, Kramer.« Mia lächelt behaglich wie eine Katze und nippt an ihrem heißen Wasser. »Wenn ich die Hände frei hätte, würde ich applaudieren. Kramer Eins ist ein glänzender Demagoge. Aber Kramer Zwei glaubt in Wahrheit, dass ein System so gut wie das andere ist. Erst nannten wir es Christentum, dann Demokratie. Heute nennen wir es METHODE. Immer absolute Wahrheit, immer das reine Gute, immer das zwingende Bedürfnis, die ganze Welt damit zu beglücken. Alles Religion. Weshalb sollte sich ein Ungläubiger wie Sie für eine Spielart des immer gleichen Irrtums stark machen?«

»Sie lehnen sich weit aus dem Fenster in dem Bemühen, mich zu durchschauen. Passen Sie auf, dass Sie nicht hinausfallen. Weil ich heute mild gestimmt bin, will ich eine ehrliche Antwort geben.«

Kramer gibt die Rednerpose auf, stützt die Ellenbogen auf die Knie, kehrt die Handflächen nach oben und gleicht auf diese Weise einem Menschen, der sich anschickt, ein persönliches Bekenntnis abzulegen.

»Ich verabscheue das Rückständige der Freigeisterei, dieses altmodische Überbleibsel bürgerlicher Aufklärung. Mir ist der infantile Partisanenstolz zuwider, der immer meint, gegen Herrschaft und Autorität den Helden spielen zu müssen. Der Widerständler ist sich zu fein, zu dumm oder zu faul, um jene Macht zu erobern, die er zum Wirken brauchte. Deshalb erklärt er die ganze Welt zur sauren Traube, stellt sich daneben und beginnt sein Protestgeschrei. Sie können es an unzähligen Beispielen beobachten: Gibt man dem Freiheitskämpfer Macht und Ansehen innerhalb der verhassten Maschinerie, wird er sogleich still und werkelt fortan in aller Treuherzigkeit vor sich hin. Was lehrt uns das über die Menschen, Frau Holl? Sie tauschen gern ein X gegen ein U, wenn es nur dazu dient, ihre Eigenliebe zu befriedigen.«

»Sieh an.« Mias Lächeln vertieft sich. »Es gibt eine Art zu verallgemeinern, die den Gegenstand entschieden persönlich färbt.«

»Fortschrittsdrang«, sagt Kramer, der es vorzieht, Mias letzte Bemerkung zu überhören, »ist eine Mischung aus gesellschaftlicher Selbstüberschätzung und individuellem Geltungsbedürfnis. Die Unfähigkeit, sich mit dem Bestehenden zufriedenzugeben, fordert mindestens einmal pro Epoche ein paar Hunderttausend, wenn nicht gleich Millionen von Toten. Die METHODE funktioniert gut. Es gibt keinen Grund, sie durch etwas anderes zu ersetzen.«

»Das behaupten Sie immer noch? Nach allem, was geschehen ist?«

»Nun machen Sie sich nicht kleiner im Geiste, als Sie sind! Sie wollen Ihr persönliches Unglück doch nicht mit einem politischen Problem verwechseln? Können Sie mir irgendein Verfahren skizzieren, das nicht hier und da Unschuldige in Mitleidenschaft zieht? Auch nach dem Fall Ihres Bruders gilt: Kein anderes System hat eine so geringe Fehlerquote wie die METHODE. Wofür wollen Sie denn streiten, Mia Holl, während Sie mich mit kämpferischen Augen ansehen? Für ein politisches Paradies auf Erden?«

»Ich schaue nicht kämpferisch«, sagt Mia. »Sondern interessiert. Im Übrigen bin ich, anders als Sie, in der bequemen Lage, das Rationalisieren aufgegeben zu haben. Ich kann jetzt mit dem Herzen denken.«

»Süß. Da sind wir ja ganz das gefühlige Weibchen geworden. Sie haben sich verändert, Mia. Ich weiß nicht, ob ich mich darüber freuen oder es bedauern soll. Noch vor ein paar Tagen habe ich mich Ihnen fast verwandt gefühlt.«

»Es ist mir eine Ehre, Ihnen möglichst wenig verwandt zu sein.«

»Ganz wie Sie wünschen. Und an was also denkt Ihr neu erwachtes Herz?«

»An Freiheit.«

Kramer stöhnt auf und legt die Zeigefinger an die Schläfen.

»Diese Kopfschmerzen«, sagt er.

»Es tut mir leid, Ihnen Kopfzerbrechen zu bereiten«, sagt Mia. »Aber beunruhigen Sie sich nicht. Sie haben die Gesinnungsprüfung bestanden.«

»Die was?«

»Die Gesinnungsprüfung.« Mia streckt die Arme und dehnt wohlig den Rücken. »Wollen Sie das Ergebnis hören? Sie haben erkannt, dass Sie zu klug sind, um letztverbindliche Urteile zu fällen. Aber wer nicht urteilt, kann nicht herrschen. Deshalb haben Sie Ihren Stolz sowie Ihre Eigenliebe fest an das Bestehen der METHODE geknüpft. Auch Sie sind ein

Partisan, Herr Kramer. Ein Partisan der Erhaltung. Damit habe ich in Ihnen einen absolut verlässlichen Feind.«

»Ich glaube nicht, dass es Ihnen in nächster Zeit an Feinden mangeln wird.«

»Dann seien Sie froh, dass *Sie* hier sitzen und kein anderer. Ich bin sicher, dass Sie diesen Umstand in das Konzept Ihrer Großartigkeit einzubauen wissen. Ich hingegen brauche Sie nur als Sprachrohr. Nehmen Sie Papier und Stift. Ich gehe fest davon aus, dass der Ehrenmann in Ihnen mich absolut wörtlich zitieren wird.«

Kramer lacht auf und verstummt sogleich wieder. Er öffnet den Mund, will zu einer Erwiderung ansetzen – und schweigt. Für ein paar Sekunden sieht es aus, als wollte er die Beherrschung verlieren. In dem Blick, den er Mia zuwirft, liegt die Bereitschaft zu körperlicher Gewalt. Dann löst sich die stumme Drohung in einer spöttischen Grimasse auf, und Kramer senkt den Kopf.

»Aus der zweiten Kategorie?«, fragt Mia mitfühlend.

»Aus der zweiten Kategorie«, bestätigt Kramer und sucht nach Papier und Stift.

»Ich staune«, sagt die ideale Geliebte. »Und ich muss mich korrigieren. Das hier hätte Moritz ganz vortrefflich gefallen.«

Wie die Frage lautet

Ich entziehe einer Gesellschaft das Vertrauen, die aus Menschen besteht und trotzdem auf der Angst vor dem Menschlichen gründet. Ich entziehe einer Zivilisation das Vertrauen, die den Geist an den Körper verraten hat. Ich entziehe einem Körper das Vertrauen, der nicht mein eigenes Fleisch und Blut, sondern eine kollektive Vision vom Normalkörper darstellen soll. Ich entziehe einer Normalität das Vertrauen, die sich selbst als Gesundheit definiert. Ich entziehe einer Gesundheit das Vertrauen, die sich selbst als Normalität definiert. Ich entziehe einem Herrschaftssystem das Vertrauen, das sich auf Zirkelschlüsse stützt. Ich entziehe einer Sicherheit das Vertrauen, die eine letztmögliche Antwort sein will, ohne zu verraten, wie die Frage lautet. Ich entziehe einer Philosophie das Vertrauen, die vorgibt, dass die Auseinandersetzung mit existenziellen Problemen beendet sei. Ich entziehe einer Moral das Vertrauen, die zu faul ist, sich dem Paradoxon von Gut und Böse zu stellen und sich lieber an »funktioniert« oder »funktioniert nicht« hält. Ich entziehe einem Recht das Vertrauen, das seine Erfolge einer vollständigen Kontrolle des Bürgers verdankt. Ich entziehe einem Volk das Vertrauen, das glaubt, totale Durchleuchtung schade nur dem, der etwas zu verbergen hat. Ich entziehe einer METHODE das Vertrauen, die lieber der DNA eines Menschen als seinen Worten glaubt. Ich entziehe dem allgemeinen Wohl das Vertrauen, weil es Selbstbestimmtheit als untragbaren Kostenfaktor sieht. Ich entziehe dem persönlichen Wohl das Vertrauen, solange es nichts weiter als eine Variation auf den kleinsten gemeinsamen Nenner ist. Ich entziehe einer Politik das Vertrauen, die ihre Popularität allein auf das Versprechen eines risikofreien Lebens stützt. Ich entziehe einer Wissenschaft das Vertrauen, die behauptet, dass es keinen freien Willen gebe. Ich entziehe einer Liebe das Vertrauen, die sich für das Produkt eines immunologischen Optimierungsvorgangs hält. Ich entziehe Eltern das Vertrauen, die ein Baumhaus »Verletzungsgefahr« und ein Haustier »Ansteckungsrisiko« nennen. Ich entziehe einem Staat das Vertrauen, der besser weiß, was gut für mich ist, als ich selbst. Ich entziehe jenem Idioten das Vertrauen, der das Schild am Eingang unserer Welt abmontiert hat, auf dem stand: »Vorsicht! Leben kann zum Tode führen.«

Ich entziehe mir das Vertrauen, weil mein Bruder sterben musste, bevor ich verstand, was es bedeutet zu leben.

Vertrauensfrage

Als Kramer Papier und Stift verstaut, ist er in euphorischer Stimmung. Er dankt Mia für ihre Unterstützung bei der gemeinsamen Sache. Sie habe ihm eine rhetorische Massenvernichtungswaffe an die Hand gegeben, die er zu nutzen wisse. Als Mia fragt, von welcher gemeinsamen Sache die Rede sei, zeigt Kramer eine verwunderte Miene. Ob sie nicht wisse, dass das Schicksal sie und ihn zu einem gemeinsamen Auftrag verbunden habe? Welcher Gestalt dieser Auftrag sei, lasse sich noch nicht mit Bestimmtheit sagen, aber dass es sich um einen *gemeinsamen* handele, stehe völlig außer Frage. Vielleicht habe sie im Geschichtsunterricht gelernt, was eine »Vertrauensfrage« sei? In früheren Zeiten konnte eine Regierung, deren Macht zu bröckeln begann, das Parlament zwingen, sie entweder abzuwählen oder mit vereinter Kraft im Amt zu bestätigen. Wer seine Macht erhalten wolle, meint Kramer, müsse sich von Zeit zu Zeit auf die Grundlagen dieser Macht besinnen. Vielleicht sei der Augenblick gekommen, in dem sich die METHODE an einer Art Vertrauensfrage zu messen habe. Vielleicht könnten Mia und ihr Pamphlet dabei behilflich sein und für den richtigen Ausgang sorgen. Übrigens gefalle ihm ihre Wohnung, und er hoffe, dass sie sich darin wohlgefühlt habe.

Während sie ihn zur Tür bringt, fragt sich Mia, warum er über ihre Wohnung in der Vergangenheitsform spricht und zu welcher Kategorie, der ersten oder zweiten, sie nun eigentlich etwas beigetragen hat. Und aus wessen Sicht das zu entscheiden wäre. Als sich die Tür hinter Kramer schließt, ist es ihr plötzlich egal.

Jetzt liegt sie in den Armen der idealen Geliebten und trinkt aus Rosentreters vergessener Champagnerflasche. Auch die ideale Geliebte spricht plötzlich in der Vergangenheitsform.

»Ich hatte für eine Weile an deinen Küsten angelegt«, sagt sie. »Darüber solltest du dich freuen.«

»Ich war nicht mit dir, sondern mit deiner Erscheinung befreundet«, sagt Mia.

»Das ist Zynismus.«

»Das ist Sprachgenauigkeit. Du musst mir verzeihen, dass ich dich nicht so wie Moritz lieben konnte. Es ist mir immer schwergefallen, an deine Existenz zu glauben.«

»Du musst nicht mehr an mich glauben.«

»Warum willst du gehen?«

Mia gibt die Flasche weiter und berührt die ideale Geliebte leicht an der Stirn. Diese schweigt. Unentwegt wippt sie mit dem Fuß, als lausche sie einer Musik, die nur sie hören kann.

»Mein Auftrag ist erfüllt«, sagt die ideale Geliebte

schließlich. »Moritz' letzter Wunsch war, dass du ihm glauben mögest. Dass du verstehen sollst, was passiert ist. Dass du immer auf die richtige Weise an ihn denken wirst.«

»Vor langer Zeit habe ich einmal folgenden Satz zu ihm gesagt: ›Ich will der Boden sein, der unter deinen Füßen zittert, wenn dich die Rache der Götter trifft.‹ Anscheinend will das Schicksal, dass wir unsere Versprechen halten.«

»Und trotzdem fällt es mir schwer, dich zu verlassen.« Die ideale Geliebte beginnt, Mias Kopf zu streicheln. »Plötzlich sorge ich mich um dich.«

»Mir kann nichts passieren. Technisch gesprochen, bin ich jetzt eine Heilige.«

»Vor der Heiligen kommt die Märtyrerin.«

»Ich wollte ohnehin nie alt werden. Wenn man alt ist, wartet man nur noch aufs Essen. – Ach, komm schon!«, ruft sie, weil die ideale Geliebte ihre Hand zurückgezogen hat. »Das sollte ein Witz sein!«

»Ich habe keinen Humor. Es gibt keinen Satz auf der Welt, der so dumm ist, dass die Menschen ihn nicht im Ernst äußern könnten.«

Mia zieht die ideale Geliebte zu sich heran und küsst sie auf den Mund. »Wir wissen gar nicht, wie oft am Tag die Welt der finalen Katastrophe entgeht. Wenn du Moritz siehst, sag ihm, dass ich ihn liebe. Oder nein, sag ihm: Baumhaus ist, wenn man die Leiter hochzieht, Bauchschmerzen kriegt vom Kirschenessen, Vogeldreck im Haar trägt und trotzdem nie wieder runterkommen will. Wirst du's ausrichten?«

»Versprochen.«

Mia holt Luft, dass es aussieht, als wolle sie etwas sagen, einen langen Satz, der alles erklärt, aber es ist nur ein Gähnen, das ihr die Lippen öffnet. Wenig später ist sie eingeschlafen.

Sofakissen

Sie erwacht vom Lärm, den die Methodenschützer beim Aufbrechen der Wohnungstür veranstalten. Der Methodenschutz verfügt über bestens ausgebildete Spezialisten, die in der Lage sind, praktisch jedes denkbare Schloss in Sekundenschnelle und völlig lautlos zu öffnen. Wenn diese Leute eine Tür mit Gewalt einrennen, dann deshalb, weil sie es wollen. Drei Männer stürmen die Wohnung, eine kleine Armee, die vom Schwung der eigenen Attacke vorangetrieben wird. Auf der Couch liegt Mia, hat gerade erst die Augen geöffnet und schaut den Angreifern verständnislos entgegen. Statt der idealen Geliebten hält sie ein Sofakissen im Arm.

Den ersten Angreifer erwischt sie mit dem Fuß in der Magengrube. Dem zweiten fährt sie mit erhobenen Krallen ins Gesicht, wobei ihm der Nagel ihres Zeigefingers tief unter den rechten Lidrand dringt. Keiner der Männer begreift, dass Mia nicht sich selbst, sondern das Sofakissen verteidigt, und zwar mit der Rücksichtslosigkeit einer Löwin, die um ihr Neugeborenes kämpft. Dem Dritten gelingt es, ihre Beine zu fangen. Mia fährt hoch und beißt ihn in den Hals, bis sie Blut schmeckt. Er schreit auf und versetzt ihr einen Schlag gegen die Stirn, der sie zurückfallen lässt; benommen, aber noch immer in der Lage, sich zu wehren.

Niemand spricht ein Wort. Kein »Verzeihen Sie die Störung« und kein »Entschuldigen Sie die Unannehmlichkeiten«. Was sich hier abspielt, ist keine Verhaftung, sondern ein Krieg, in dem es nur darum geht, dem Angreifer möglichst viel Schaden zuzufügen, bevor er seine Beute davontragen kann.

»Einbruch! Vergewaltigung!«

»Mit den dreckigen Stiefeln einfach in die Wohnung!«

»Unsinn, Kinder, schaut doch, die Uniformen! Das ist das Amt.«

Der Tumult ist im ganzen Haus zu hören, laut genug, um die Nachbarinnen in Bademänteln die Treppe hinauf und an Mias offene Wohnungstür zu locken. Drinnen steht ein Methodenschützer mit blutender Nase schwankend im Raum, hat eine Spritze aufgezogen und wartet darauf, dass seine Kollegen die Tobsüchtige endlich unter Kontrolle bringen.

»Die holen die Mia!«

»Das muss ein Irrtum sein.«

»Die Mia ist ein Held! In allen Zeitungen!«

»Frau Holl ist die Zierde unseres Hauses.«

Obwohl der Methodenschützer aus seinen geschwollenen Augen schlecht sehen kann, passt er den richtigen Moment ab. Die Spritze fährt nieder und bleibt in Mias Oberarm stecken.

»Nein!«

»Aber das ist das Amt, Driss.«

»Da hält man sich raus, Driss.«

»Bleib hier, Driss!«

Erst als Mias Körper erschlafft, gelingt es den Uniformierten, ihr das Sofakissen zu entreißen. Der Methodenschützer mit der blutigen Nase wirft die Spritze weg und versetzt dem Kissen einen Tritt. Als sich die schmächtige Driss gegen ihn wirft, fegt er sie mit einer Handbewegung beiseite. Driss prallt gegen den Türrahmen und sinkt auf die Schwelle. Die Uniformierten steigen über sie hinweg, als sie Mia aus der Wohnung tragen.

Freiheitsstatue

»Wie eine Bombe!«, sagt Rosentreter.

»Hast du den Spiegel dabei?«

Rosentreter fördert aus seiner Aktentasche einen kleinen Handspiegel zutage. Ganz nah kommt Mia an die Plexiglasscheibe heran, um sich zu betrachten. Sie steckt wieder in einem weißen Papieranzug. Ihre Stirn ziert ein großer Bluterguss. Die Unterlippe ist geschwollen, ein Auge rot angelaufen. Im Spiegel sieht sie den Blick von jemandem, den sie kennt. Es ist nicht ihr eigener. Moritz.

»Schön«, sagt Mia. »Papieranzug, Isolationshaft, zerschlagenes Gesicht. Näher könnte ich meinem Bruder gar nicht sein.«

Schnell packt Rosentreter den Spiegel weg.

»Deine Proklamation hat eingeschlagen wie eine Bombe. Deshalb haben sie dich geholt. Ein Zeichen von Schwäche. Sie haben Angst.«

»Wie lautet die Anklage?«

»Es gibt keine Anklage, Mia. Auf dem Haftbefehl steht Suizidgefahr.«

»Die haben Humor«, sagt Mia. »Nichts fürchtet ein Sicherheitsapparat so sehr wie Menschen, die mit dem Leben abgeschlossen haben. Es macht sie unkontrollierbar. Selbstmordattentäter.«

Rosentreter räuspert sich; er fühlt sich sichtlich unwohl in seiner Haut.

»Ich habe eine Klage beim Höchsten Methodengericht eingereicht«, sagt er und zieht an seinen Haaren. »Diese Proklamation war ein Volltreffer, aber ab jetzt sollten wir wirklich vorsichtig sein.«

»Erzähl mir von meinen Erfolgen.«

Rosentreter belebt sich und holt einen Stapel Zeitungen aus der Aktentasche. Die erste hält er mit dem Titelblatt gegen die Scheibe.

»Hier. Zehntausende demonstrieren für die Freilassung von Mia Holl.« Er legt die Zeitung beiseite. »Sie stehen da draußen mit Sprechchören und Plakaten. So etwas hat das Land seit Jahrzehnten nicht gesehen. Ich wünschte wirklich, du könntest das hören.«

»Ich *kann* es hören«, sagt Mia.

»Und hier. Frau Holl lässt Pech und Schwefel regnen. – Nicht immer geistreich, die Kollegen von der Presse. Oder hier: METHODE unter Rechtfertigungszwang. – Das kommt von einem gewissen Würmer. Er fordert eine Grundsatzdiskussion im Methodenrat. Und dann gibt es wohl eine Botschaft, die mit *Recht auf Krankheit* unterschrieben ist. Die Verfasser erklären sich solidarisch und drohen mit Aktionen für den Fall, dass die METHODE nicht öffentlich die Verantwortung für den Tod von Moritz Holl übernimmt.«

»Die R.A.K.? Sag ihnen, dass sie mir gestohlen

bleiben können. Mit Anschlägen auf Unschuldige habe ich nichts zu tun.«

»Ich fürchte, das liegt nicht mehr in deiner Macht. Es gibt dich jetzt zweimal. Die eine Mia sitzt hier drin und … blutet an der Lippe.« Er deutet mit einem vorsichtigen Zeigefinger; Mia wischt sich über den Mund. »Die andere Mia schreiben sich alle, die wollen, auf ihre Fahnen.«

»Was sagt Kramer?«

»Bis jetzt nicht viel. Für heute Abend ist ein Fernsehauftritt angekündigt. Er ist schwer angeschlagen.«

»Freut mich. Er hat sich verkalkuliert.«

»Das macht ihn umso gefährlicher.«

»Im Gegenteil. Es schwächt ihn.«

»Wirklich, Mia, ich bitte dich dringend, nicht mit ihm zu sprechen.«

»Ich bekomme sonst nicht viel Besuch.«

»Du hast dir von Anfang an nichts sagen lassen.« Rosentreter verstaut die Zeitungen und behält die Aktentasche auf dem Schoß, als brauchte er etwas, das er umklammern kann. »Ich habe dich falsch eingeschätzt.«

»Wieso? Du wolltest eine Marionette in die Schlacht schicken, während du die Fäden ziehen und am Ende juristisch besorgt die Hände über dem Kopf zusammenschlagen kannst. Genau das hast du bekommen.«

»Die Schwächen meines Charakters stehen außer Frage.« Der Anwalt gibt sich Mühe, Mias Blick standzuhalten. »Aber nun sind die Dinge ein wenig… ins Rollen geraten. Ich kann nicht mehr einschätzen, was als Nächstes passiert.«

»Das kann ich dir erklären. Man nennt es die Entstehung einer Integrationsfigur. Alle Skeptiker, Unzufriedenen und Andersdenkenden, die ein Leben lang geglaubt haben, mit ihren Zweifeln allein zu sein, erleben plötzlich das beglückende Gefühl der Gemeinsamkeit. Ich bin die Projektionsfläche dieses Glücks. Ein Bild an einer weißen Wand. Ganzkörper, nackt, von vorn und hinten. Eine Freiheitsstatue, geformt aus Fleisch und Knochen.«

Als Mia aufsteht und eine unsichtbare Fackel reckt, hebt der Sicherheitswächter in der Ecke drohend das Kinn, woraufhin sich die Gefangene wieder setzt.

»Wenn einsame Geister die Lockstoffe der Gemeinsamkeit wittern, entsteht eine gewaltige Macht.«

»Ich hol dich hier raus.« Rosentreter zwinkert, weil seine Augen in letzter Zeit zu Trockenheit neigen. »Es wird nicht lang dauern.«

»Ich hab keine Angst«, sagt Mia. »Wenn du mich nicht rausholst, machen es die anderen.«

Der gesunde Menschenverstand

Seit seiner Jugend hat Heinrich Kramer das Wohl des Menschen im Sinn.«

Die Stimme aus dem Off ist nicht die von Würmer, obwohl die Sendung Was Alle Denken heißt. Auf dem Talk-Sofa sitzt nur eine einzige Person und schaut unbewegt in die Kamera. Im grauen Anzug wirkt die Gestalt so ruhig und kühl, dass man sich unwillkürlich fragt, ob eine derart vollkommene Erscheinung Schweißdrüsen, Schleimhäute und eine Verdauung besitzt.

»Aus Anlass der jüngsten politischen Verwirrungen überrascht er uns heute Abend mit der vielleicht grundlegendsten Darstellung des Gesunden Menschenverstands, die jemals formuliert wurde. Heinrich Kramer.«

Der Studiogast verzichtet auf einleitende Worte. Dafür erlaubt er sich noch ein paar Sekunden des Schweigens, während sein Blick irgendwo da draußen hinter der Kamera einen Ansprechpartner zu suchen scheint. Seine Aufzeichnungen hält er nur aus ästhetischen Gründen in der Hand. Was er vortragen wird, kann er von einem Monitor ablesen, der sich unter seiner Schädeldecke befindet. Heinrich Kramer weiß das alles auswendig. Er hat sein Leben lang nichts anderes getan, als die gleichen Ideen in immer wieder neue Worte zu kleiden. Das liegt nicht etwa an der Begrenztheit seines Verstands, sondern an der Begrenztheit sinnvoller Ideen, die man auf Erden fassen kann. Das Richtige unablässig zu wiederholen, ist der größte unblutige Dienst, den ein Mensch seinem Land zu erweisen vermag.

Kramer spricht zwanzig Minuten und schaut dabei weiter reglos in die Kamera. Seine ernste Miene spiegelt die Bedeutung des heutigen Auftritts. Wer jetzt wagte, vom Bildschirm aufzustehen und ein wenig durch die Stadt zu schlendern, würde die Straßen leer gefegt finden wie vor einem halben Jahrhundert während des Endspiels einer Fußballweltmeisterschaft. Da aber niemand bereit ist, Kramers Stellungnahme zu verpassen, bleibt die Menschenleere draußen mit sich selbst allein. Das ganze Land hängt an Kramers Lippen, während er staatstragende Gedanken in Thesen zusammenfasst, von denen jede immer zwingend aus ihrer Vorgängerin folgt. Ungeduldig lässt man das Übliche an sich vorüberziehen. Dass es dem guten Leben nur um Sauberkeit und Sicherheit gehen könne. Dass Unsauberkeit die Verunreinigung des Einzelnen und Unsicherheit die Verunreinigung der Gesellschaft sei. Dass Krankheit als das Ergebnis von fehlender Überzeugung und fehlender Kontrolle betrachtet werden müsse.

Spannend wird es zum Schluss. Kramer spricht von Viren, die Unsauberkeit und Unsicherheit für sich zu nutzen wissen und den Einzelnen wie die Gesellschaft befallen. Heutzutage, sagt er, bestünden die gefährlichsten Viren nicht mehr aus Nukleinsäuren, sondern aus infektiösen Gedanken. Dann hält er inne und schweigt so lange, dass den Zuschauern der Schweiß ausbricht.

Die METHODE als Immunsystem des Landes, fährt er schließlich fort, habe das aktuell grassierende Virus bereits identifiziert. Es werde vernichtet. Niemand könne sich den Selbstheilungskräften eines starken Körpers entziehen. Santé und guten Abend, meine Damen und Herren.

Kaum hat er zu Ende gesprochen, ist das Sofa leer und Kramer verschwunden. Das Land weiß: Er ist hinausgegangen, um der Kampfansage Taten folgen zu lassen. Es gibt niemanden, der die Bedeutung seiner Worte nicht verstanden hätte. Sie markieren den Anfang vom Ende im Fall Mia Holl.

Geruchlos und klar

In Mias Zelle ist es eng, als würde die Abwesenheit von Möbeln den quadratischen Raum einschrumpfen. Keine Stühle stehen am nicht vorhandenen Tisch. Unter dem Fenster macht sich die Ermangelung einer Schlafstätte breit, während kein Schrank die fehlenden Regale zur Hälfte verdeckt. Der restliche Raum wird vollständig von klinischer Sauberkeit eingenommen.

Schon nach vier Tagen in dieser Zelle hätte Mia jeden Besucher vorgelassen. Sie braucht Unterstützung bei der Aufgabe, an einem Ort zu existieren, der sogar von Möbeln gemieden wird. Kramer eignet sich dazu perfekt. Ein Zimmer, das er betritt, ist nicht leer. Er bringt die Anmutung einer Einrichtung mit, oder vielleicht *ist* er die Einrichtung, elegant, aber funktional. Mia hat alle Mühe, sich die Freude über sein Kommen nicht anmerken zu lassen.

»Sie und Ihre Thesen«, sagt sie zur Begrüßung, »sind geruchlos und klar wie destilliertes Wasser.«

»Es freut mich, dass Ihnen mein Auftritt gefallen hat. Übrigens haben Sie es mir zu verdanken, dass man Sie die Sendung sehen ließ.«

»Ihr gönnerhafter Tonfall verrät, dass Ihre Proklamation nicht so erfolgreich war wie meine.«

»Deshalb bin ich hier. Wir beide werden heute ein gutes Stück in die richtige Richtung arbeiten.«

»Wir beide?« Mia muss lachen.

»Warum nicht? Sie haben mich hereingelassen, Mia Holl. Sie lehnen es nicht ab, mit mir zu sprechen. Besitzt es nicht eine gewisse Größe, wie unsere Manifeste einander gegenüberstehen? Zwei Krieger mit aufgepflanzter Waffe und heruntergelassenem Visier. Verstand gegen Gefühl. Meine präzise Logik gegen Ihre aufgewühlten Emotionen. Man könnte fast sagen: Das männliche gegen das weibliche Prinzip.«

»Eine primitive Allegorie, die Ihre geistigen Fähigkeiten beleidigt. Im Übrigen habe ich das Visier nicht heruntergeklappt, sondern eben erst geöffnet. Und soweit ich informiert bin, schreit man da draußen nicht zu Ihren, sondern zu meinen Ehren.«

»Eindeutig. Man schreit nicht nur. Man kündigt auch Anschläge an. Wussten Sie, dass die R.A.K. bereit ist, die Anliegen von Mia Holl mit Gewalt gegen Unschuldige zu unterstützen?«

»So kriegen Sie mich nicht, Heinrich Kramer. Es sind keine Terroristen, sondern genau diese Unschuldigen, die vor der Tür demonstrieren. Mit der R.A.K. verbindet mich nichts.«

»Sollte es zu einem Attentat kommen, werden Sie die Folgen zu verantworten haben.«

Mia lacht schon wieder. »So leicht lässt sich der

moralische Spieß nicht umdrehen. Die Spitze zeigt auf Sie. Schauen Sie mich doch an!«

»Gern. Die geschwollene Lippe steht Ihnen.«

Mia, die an der Wand lehnt, breitet die Arme aus, sodass sie, ganz in Weiß, wie ein gekreuzigter Engel aussieht.

»*Ihr* Anzug ist aus teurem Tuch«, sagt sie, »meiner aus Papier. Ich habe keinen Prozess gegen mich angestrengt. Ich habe mich nicht in diese Zelle gesperrt. Ich habe nichts weiter getan, als ein privates Bekenntnis abzulegen, das *Sie* veröffentlicht haben. Sie haben Freunde in den höchsten Etagen. Sie dürfen hier einfach reinspazieren, während mein Anwalt nur durch eine Glasscheibe zu mir sprechen kann. Falls es jetzt darum gehen soll, die Schuld zu verteilen, so würde ich doch sagen, dass diese weniger bei der Fliege als bei der Fliegenklatsche liegt.«

»Ist es nicht interessant, dass der Mensch stets dazu neigt, Schwäche mit Unschuld gleichzusetzen? Darin zeigen sich die hartnäckigen Überreste christlichen Denkens. Wenn David gegen Goliath antritt, drückt der Pöbel David die Daumen. Als ob Unterlegenheit ein moralischer Vorteil wäre.«

»Wenn Goliath Manieren hätte, würde er ein paar Sitzmöbel und etwas zu trinken organisieren, damit wir uns zivilisiert unterhalten können. Außerdem habe ich Hunger. Man wirkt auf meine Überzeugungen ein, indem man mir nichts zu essen gibt.«

»Wie bitte?«

Irritiert sieht Kramer sich um; ihm scheint erst jetzt aufzufallen, dass der Raum vollkommen unmöbliert ist. Er stößt sich von der Wand ab und verschwindet durch die Tür. Mit genüsslich geschlossenen Augen lauscht Mia den Stimmen auf dem Flur, von denen eine, wenn auch gedämpft, von geradezu diabolischer Schärfe ist. Gleich darauf ist Kramer wieder da und zieht zwei Klappstühle hinter sich her.

»Ich muss mich im Namen dieser Barbaren entschuldigen. Wenn das mein Laden wäre, würde heute die Hälfte der Belegschaft ihren letzten Arbeitstag hinter sich bringen.«

»Lassen Sie nur. Man tut seine Pflicht.«

»Ironie ist ein Zeichen für geistige Gesundheit. Es freut mich, dass Sie trotz allem in guter Verfassung sind. Bitte, nehmen Sie Platz.«

Galant rückt er Mia den Stuhl zurecht und setzt sich ihr in angemessenem Abstand gegenüber. Sitzend streckt Mia die Beine, winkelt sie wieder an und schlägt sie schließlich übereinander, die Hände hinter der Stuhllehne verschränkt.

»Selbst das Sitzen muss man hier drin neu erlernen. Die geliehene Zahnbürste am Morgen ist ein fremdartiges Gefühl im Mund, das Pinkeln im Stehen eine ungewohnte Angelegenheit und das Wechseln der Papierklamotten eine Wissenschaft. Sogar die Sprache ist, wenn man sie selten braucht, ein Tanz aus komplizierten Figuren.«

»Sie tanzen hervorragend«, sagt Kramer nüchtern. »Ich würde Ihnen jetzt gern ein paar Fragen stellen.«

»Schießen Sie los.«

»Neulich sagten Sie zu Ihrem Anwalt, Sie hätten sich Ihrem Bruder noch nie zuvor so nahe gefühlt.«

»Ach«, sagt Mia und hebt verwundert die Brauen, »meine Anwaltsgespräche werden abgehört?«

»Eine notwendige Sicherheitsmaßnahme. Für Methodenfeinde gelten die Gesetze des Ausnahmezustands.«

»Ich bin nicht als Methodenfeind, sondern wegen Suizidgefahr hier.«

»Das ist in etwa dasselbe.«

»Natürlich«, nickt Mia.

»Könnte man sagen, dass Ihr Bruder Ihnen etwas hinterlassen hat?«

In der Tür erscheint ein Wärter mit einem Tablett, auf dem sich zwei dampfende Tassen sowie einige Tuben befinden. Kramer geht ihm entgegen und nimmt ihm die Sachen ab, um Mia selbst zu bedienen.

»Sie erlauben.« Möglichst respektvoll legt er ihr die Tuben in den Schoß. Das heiße Wasser stellt er auf den Boden und fügt Zitrone hinzu. Drei Spritzer, wie es Mias Gewohnheit ist. Gierig beobachtet Mia jede seiner Bewegungen, als würde der Anblick des Rituals einen Hunger stillen, der schlimmer als der körperliche ist.

»Materiell hat Moritz mir nichts hinterlassen, falls Sie das meinten«, sagt sie schließlich. »Aber im geistigen Sinne natürlich sehr viel.«

»Sie glauben also, ganz in seinem Sinne hier zu sein?«

Nachdem Mia ihr heißes Wasser probiert hat, stellt sie die Tasse ab und öffnet die erste Tube.

»Er hat sein Leben lang darum gerungen, mich von seinen Ansichten zu überzeugen.«

»Und jetzt ist es ihm gelungen.«

»Gewissermaßen, ja. Reichlich spät, könnte man meinen.«

Als Mia die Tube aufgeschraubt hat, ist es mit ihrer Beherrschung vorbei. Mitleidig sieht Kramer zu, wie sie sich den gesamten Inhalt in den Mund drückt.

»Deshalb sind Sie nach seinem Tod immer wieder zum Fluss gegangen. Um ihm nahe zu sein.«

»Das war unser Treffpunkt seit Kindertagen«, sagt Mia mit vollem Mund. »Unsere Kathedrale, wie er zu sagen pflegte.«

»Rührend.« Kramer winkt ab, als Mia ihm die zweite Tube hinhält. »Haben Sie auch mal jemand anders dort getroffen?«

»Niemanden.«

»Sehr gut, das dachte ich mir. Eine letzte Frage. Vom heutigen Standpunkt aus betrachtet, ist Moritz eigentlich eine Art Märtyrer. Finden Sie nicht?«

»Na ja«, sagt Mia. »Das kommt drauf an.«

»Wie bitte?« Kramer beugt sich vor. »Ich habe Sie nicht genau verstanden. Könnten Sie etwas lauter sprechen?«

»Wenn es tatsächlich zu einem Umsturz kommen sollte«, sagt Mia laut, »dann wird Moritz eines Tages als Märtyrer in den Geschichtsbüchern auftauchen. Seltsame Vorstellung, übrigens.«

»Wunderbar.« Kramer entnimmt seiner Innentasche ein Aufnahmegerät und schaltet es aus. Danach lässt er sich im Stuhl zurücksinken, dehnt beide Arme und richtet seine Manschetten. »Damit hätten wir fast alles, was wir brauchen. Es wäre lieb, wenn Sie mir noch etwas unterschreiben könnten.«

»Was denn?«, fragt Mia und hält im Kauen inne.

»Ihr Geständnis. Wie Sie wissen, hat die METHODE in letzter Zeit schlechte Erfahrungen mit fehlenden Geständnissen gemacht.«

»Was reden Sie da?«

»Ich habe Ihnen doch gesagt, dass wir zusammenarbeiten. In Ihrer Lage ist das übrigens mit Abstand das Beste, was Ihnen passieren kann.«

»So nicht, Kramer! *Ich* mache noch immer die Regeln!«

»Nicht aufregen. Ich werde einfach noch einmal zusammenfassen, was passiert ist. Dann werden Sie selbst sehen.« Er nimmt sich Zeit für einen Schluck heißes Wasser und einen nachdenklichen Blick in die Tasse. Dann spricht er im Ton einer Radioreportage. »Dem Methodenschutz ist es gelungen, Moritz

Holl als Anführer einer Widerstandszelle zu identifizieren, die unter dem Namen *Die Schnecken* agiert. Man traf sich regelmäßig am Flussufer im Südosten der Stadt – nach dem Geheimcode der Gruppe in der *Kathedrale.* Unter anderem gehörte den Schnecken auch ein gewisser Walter Hannemann an, welcher Moritz Holl als sein Knochenmarkspender, mithin als sein Lebensretter bekannt war.«

Mia verzieht das Gesicht, als wollte sie in schallendes Gelächter ausbrechen. »Jetzt sind Sie endgültig durchgedreht!«

»Ist Ihnen bekannt«, fragt Kramer, »dass sich Hannemann tragischerweise inzwischen umgebracht hat?«

»Was? Den haben Sie auch noch auf dem Gewissen?«

»Nicht ich. Sie.«

Kramer holt einen Zettel hervor und faltet ihn mit quälender Langsamkeit auseinander. Umständlich sucht er den besten Abstand zum Vorlesen.

»Passen Sie auf, es geht los. – Den Plan habe ich, Mia Holl, gemeinsam mit meinem Bruder entwickelt. Er war ebenso einfach wie genial. Hannemann beging den Mord an Sibylle. Wie wir es vorhergesehen hatten, wurde das Verbrechen aufgrund einer DNA-Probe meinem Bruder angelastet. Moritz war von der Idee besessen, als Märtyrer im Kampf gegen die METHODE zu sterben. Überhaupt gehört es zur Ideologie der *Schnecken*, den Freitod als Garant der persönlichen Freiheit zu betrachten. Nach seiner Verurteilung beging Moritz im Gefängnis Selbstmord. Dabei habe ich ihm geholfen.« Kramer schaut auf und lächelt Mia zu. »Davon gibt es Videoaufnahmen. Sie wissen schon, die Angelschnur.«

Er macht eine Handbewegung in der Luft, als würde er etwas Langes, Dünnes durch ein winziges Loch fädeln. Als Mia aufspringen will, bannt er sie mit priesterlich erhobener Hand auf ihren Platz.

»Moment noch. Gleich fertig. – Auf diese Weise verursachten wir einen Justizskandal, der die METHODE in ihren Grundfesten erschüttern sollte. Nach Moritz' Tod habe ich die Führung der *Schnecken* übernommen. Das ist sein Vermächtnis. Zum gegenseitigen Schutz sind mir die meisten Mitglieder der Gruppe nach wie vor unbekannt. In der *Kathedrale* treffe ich regelmäßig eine Mittelsperson, die unter dem Decknamen *Niemand* auftritt.« Wieder hält Kramer inne. »Erinnern Sie sich, Sie haben mir eben selbst von ihm erzählt. Hinter *Niemand* verbirgt sich übrigens ein junger Kollege von mir. Herr Würmer von WAS ALLE DENKEN. Bedauerlich, äußerst bedauerlich.«

Jetzt ist Mia auf den Beinen. Als sie sich auf Kramer stürzen will, springt dieser auf und fängt ihre erhobenen Fäuste in der Luft. Ein paar Sekunden stehen sie in stummem Ringen, dann gibt Mia auf und lässt sich gegen ihn sinken. Fast ist es, als würden zwei Liebende einander umarmen.

»Manchmal stellt man fest«, sagt Mia leise, »dass der Geruch eines anderen Menschen etwas Wunderbares ist.«

»Sie sind ein gutes Kind.« Kramer streicht ihr sanft über den Scheitel. »Ein tapferes Kind. Ein einsames Kind.«

Sogleich stößt Mia ihn mit beiden Händen von sich, zupft aufgeregt an ihrem Papieranzug herum und glättet ihr Haar. »Damit werden Sie niemals durchkommen!«

Kramer wiegt den Kopf, während er eine kleine Plastiktüte aus der Hosentasche zieht und über die rechte Hand stülpt.

»Ich weiß nicht«, sagt er. »Haben Sie sich nie gefragt, wieso Moritz ausgerechnet ein Blind Date mit dem Opfer seines Knochenmarkspenders hatte?«

»Es gibt schreckliche Zufälle.«

»Auch für eine Naturwissenschaftlerin?«

»Sie wissen genau, dass kein Plan dahinter stand!«

»Warum nicht? Der Plan wäre genial, oder nicht? Extrem überzeugend.« Lächelnd macht sich Kramer daran, die leeren Nahrungsmitteltuben im Plastikbeutel zu sammeln, wobei er eine direkte Berührung peinlich vermeidet. »Lassen Sie das Gift des Zweifels wirken, Mia. Dann haben Sie etwas, worüber Sie in Ihrer freien Zeit nachdenken können.«

»Ihr seid Bestien! Kaltblütige Mörder! Die da draußen werden es erfahren!« Mia zeigt in die Richtung, in der sie das Eingangsportal des Gefängnisses vermutet. »Und dann reißen sie euch diese Verbrecherbude über den Köpfen ein!«

»Die da draußen«, sagt Kramer und zeigt höflich in die entgegengesetzte Richtung, »glauben immer dem, dem sie gerade glauben wollen. Sie möchten also nicht unterschreiben, Frau Holl?«

»Ich hätte Ihnen mehr zugetraut, Kramer. Mehr Raffinesse und weniger plumpe Lügen. Mich vor einen so schlecht gezimmerten Karren spannen zu wollen, ist eine Beleidigung. Besitzen Sie tatsächlich nicht den Hauch eines Gewissens?«

Die in Plastik verpackten Tuben hat Kramer in die Tasche geschoben. Er dreht sich nach Mia um und zeigt ihr eine freundliche Miene, in der nicht die geringste Spur von Spott oder Triumph zu finden ist.

»Nennen wir es doch einfach Ehrgefühl. Erst vor Kurzem haben Sie selbst behauptet, dass mir im Grunde ein politisches System so lieb wie das andere sei. Nehmen wir an, dass das stimmt. Nehmen wir weiter an, dass wir in diesem Punkt sogar einer Meinung sind. In jedem System der Welt sieht man immer einen Haufen unzufriedener und wenige lachende Gesichter. Bei uns ist die Anzahl der Lachenden verhältnismäßig hoch. Das sollte uns genug sein, Mia Holl.«

»Und für dieses Lachen musste Moritz sterben?«, fragt Mia zwischen zusammengebissenen Zähnen. »Dann Hannemann? Und jetzt vielleicht noch ein paar andere?«

Kramer ignoriert ihren Einwand. »Wer zum analytischen Denken begabt ist, muss entweder sein Leben im luftleeren Raum verbringen – oder sich entscheiden. Sie haben diesen Schritt erst vor wenigen Tagen vollzogen, weshalb Sie noch nicht wissen, was eine Entscheidung im Angesicht ihrer Konsequenzen bedeutet. Die Konsequenzen werden Sie packen und nicht wieder loslassen, Mia. Wer dabei nicht zum Opportunisten verkommen will, braucht vor allem eins: Ehrgefühl. Es bindet mich an meine Seite. Und es wird Sie an die Ihre binden.«

»Begründen Sie gerade, warum ich Ihre Lügengeschichte *nicht* unterschreiben soll?«

»Kann sein, meine Liebe«, sagt Kramer mit feinem Lächeln. »Und trotzdem werde ich wiederkommen und Sie erneut um eine Unterschrift bitten. Santé.«

Würmer

Richter Hutschneider ist ein Mann von sechzig Jahren, der einen Vollbart trägt und den Großteil seiner beruflichen Laufbahn bereits hinter sich hat. Seine Kinder sprechen jeweils vier Sprachen; der Sohn lebt in Paris, die Tochter in New York. An Wochenenden steigt Hutschneider in den Cityhopper, um seine Enkel zu besuchen, deren Bilder seine Frau in einem Medaillon um den Hals trägt. Von außen ist das Medaillon mit dem Familienwappen der Hutschneiders verziert, genau wie die Fußmatte vor Hutschneiders Eingangstür. Herr und Frau Hutschneider begrüßen jeden Besucher mit den Worten »Willkommen im Hause Hutschneider« – auch wenn es sich nur um den Heizungsmonteur handelt. Hutschneider weiß, dass er alles richtig gemacht hat. Die Fußmatte, das Medaillon, Paris und New York sind schlagkräftige Beweise dafür. Er führt ein beschauliches Leben, in dem er eins ganz gewiss nicht gebrauchen kann: den Fall Mia Holl.

Nachdem Sophie wegen Befangenheit aus dem Verfahren ausgeschieden und an ein Amtsgericht in der Provinz versetzt worden ist, hat man Hutschneider auf seine alten Tage zum vorsitzenden Richter am Schwurgericht ernannt. Auf die damit verbundene Erhöhung seiner Pensionsansprüche hätte er gern verzichtet. Mia Holl ist keine Angeklagte, sondern eine tickende Zeitbombe. Täglich muss der Richter eine Herde Journalisten von seiner häuslichen Fußmatte verjagen, ohne sie zuvor im Hause Hutschneider willkommen geheißen zu haben. Seine Dienststelle betritt er durch den Hintereingang, auch wenn sich der Menschenauflauf am Hauptportal inzwischen erheblich verkleinert hat. In seinem Büro gehen Beamte des Methodenschutzes ein und aus.

Noch nie war Hutschneider so froh, dass seine Kinder weit weg sind. Der Mensch ist verletzlich, auch wenn ihn zwei schweigsame Sicherheitswächter mit Knopf im Ohr auf Schritt und Tritt begleiten. Der Mensch trinkt, atmet, fasst Dinge an und schiebt Nahrungsmittel in den Mund. Seit Tagen geht das Gerücht um, die *Schnecken* hätten unter Mia Holl einen groß angelegten Giftanschlag geplant. Unter diesen Umständen hat Hutschneider nicht vor, den Helden zu spielen. Er wird weder seine Familie noch seinen friedlichen Lebensabend durch eine falsche Bewegung gefährden. Würde ihn jemand danach fragen, gäbe er sofort zu, dass er sich einer Terroristin wie Mia nicht gewachsen fühlt. Er hat beschlossen, in einer derart heiklen Sache auf den Rat von Leuten zu vertrauen, die dafür ausgebildet worden sind.

Obwohl ihn diese Experten mehrfach ermahnt

haben, sich unter keinen Umständen emotional in die Angelegenheit verwickeln zu lassen, fühlt er Betroffenheit, als Mia Holl, gesichert durch eine Plexiglasscheibe, vor ihm sitzt. Mit ihrer zierlichen Figur und den hellen Augen, die über den eingesunkenen Wangen unnatürlich vergrößert wirken, sieht sie gar nicht wie eine potenzielle Massenmörderin aus. Hutschneider sagt sich, dass auch die kluge Sophie dieser Frau auf den Leim gegangen ist. Kein Mensch kann einem anderen auf den Grund der Seele schauen. Und das ist, bei aller Liebe zur menschlichen Natur, auch gut so.

Überflüssigerweise hat Hutschneider seine Gesetzessammlungen zur Gegenüberstellung mitgebracht und wie eine Barriere auf dem kleinen Schreibtisch aufgebaut.

»Frau Holl«, sagt er, »bitte streichen Sie die Haare hinters Ohr und sehen Sie mit erhobenem Kinn zu mir. Danke, so ist es gut.«

Mia gehorcht, sitzt aufrecht, geradezu stolz auf ihrem Schemel und schaut dem Richter mit unerträglicher Hartnäckigkeit ins Gesicht. Eine Mischung aus kindlicher Empörung, verzweifelter Hoffnung und blankem Entsetzen liegt in ihrem Blick. Zum ersten Mal im Leben wünscht sich Hutschneider eine schwarze Sonnenbrille.

»Der Kronzeuge kann eintreten«, sagt er in das kleine Tischmikrofon.

Fast im gleichen Augenblick öffnet sich die Tür,

und zwei Beamte der Sicherheitswacht bringen einen Mann in Handschellen herein. Wie Mia trägt er einen Anzug aus weißem Papier. Sein Gesicht ist zur Hälfte von einem Mundschutz bedeckt. Hutschneider bedeutet den Beamten, den Kronzeugen vor die Glasscheibe zu führen.

»*Niemand*«, sagt er. »Erkennen Sie diese Frau?«

»Das ist Mia Holl«, erwidert der Kronzeuge ohne Zögern. Seine Augen wandern nervös durch den Raum; die Angeklagte hat er kaum angesehen.

»Oje«, sagt Mia, die ihr gefesseltes Gegenüber mitleidig betrachtet. »Was hat man mit Ihnen angestellt?«

»Arabisch erstens«, sagt Hutschneider in sein Diktiergerät. »Die Angeklagte nimmt sogleich freundschaftlichen Kontakt mit dem Kronzeugen auf.«

»Hatte Kramer Sie in der Mangel?«, fragt Mia.

»Das ist die Schwester von Moritz Holl«, sagt *Niemand* in einem Tonfall, als lese er seine Aussage von einem Zettel ab.

»Sie sind doch Würmer, der Journalist. Ein legitimer Staat ist wie ein Schuh, den man nicht spürt, solange er nicht drückt. Das haben Sie gesagt, nicht wahr? Hat mir gefallen.«

»Arabisch zweitens. Die Angeklagte kennt die Identität des Kronzeugen. Sie teilt seine Ansichten.«

»Mia Holl hat von Moritz Holl die Führung der *Schnecken* übernommen«, fährt Würmer fort.

»Sie müssen das nicht sagen«, erwidert Mia traurig.

»Als Kontaktmann habe ich diese Person mehrfach in der *Kathedrale* getroffen.«

»Arabisch drittens. Der Kronzeuge identifiziert die Angeklagte als Anführerin einer methodenfeindlichen Vereinigung.«

Niemand dreht sich nach dem Richter um.

»Das ist alles«, sagt er.

»Würmer«, sagt Mia. »Als Sie Ihren Artikel schrieben, da haben Sie doch bestimmt intensiv an mich gedacht? An eine Unschuldige in den Fängen der METHODE?«

»Ich möchte jetzt gehen«, sagt *Niemand.* »Sofort.«

»Sie haben sich vorgestellt, mit mir zu sprechen. Über alles, was Sie seit Jahren immer nur in Gedanken verhandelt haben. Sie haben gedacht, wie schön es wäre, sich bei einer solchen Unterhaltung in die Augen zu schauen.«

»Arabisch viertens. Die Angeklagte behandelt den Kronzeugen als Gleichgesinnten.«

Niemand schaut gehetzt um sich und versucht, mit seinen gefesselten Händen den Sicherheitswächter zu sich zu winken.

»Ich habe meine Aussage gemacht!«, ruft er.

»Hier bin ich, Würmer! Das sind meine Augen. Das ist meine Stimme. Wenn Sie näher an die Scheibe kommen, können Sie mich sogar riechen!«

»Arabisch fünftens«, sagt Hutschneider. »Die Gegenüberstellung wird geschlossen.«

»Ich stehe für das, was Sie in Wahrheit denken!«, ruft Mia. »Ich stehe für das, *was alle denken*! Ich bin das *Corpus Delicti*, Würmer. Wiederholen Sie Ihre Lügen und sehen Sie mir dabei ins Gesicht!«

»Abführen«, sagt Hutschneider.

Niemand wirft Mia einen schnellen Blick zu, dann reißt ihn die Sicherheitswacht herum und schiebt ihn hinaus. Der Richter bemüht sich, seine Sachen so schnell wie möglich zusammenzupacken.

»Manchmal«, zitiert Mia, »weil das Leben so sinnlos ist und man es trotzdem irgendwie aushalten muss, bekomme ich Lust, Kupferrohre beliebig miteinander zu verschweißen. Bis sie vielleicht einem Kranich ähneln. Oder einfach nur ineinandergewickelt sind wie ein Nest aus *Würmern*. Ist das nicht lustig, Richter Hutschneider? Lachen Sie mit!«

Als Hutschneider seine Bücher verstaut und den Aktenkoffer geschlossen hat, ist Mia noch immer nicht fertig mit Lachen. Sie lacht, wie der Richter meint, ganz eindeutig über ihn, während er mit eiligen Schritten den Raum verlässt.

Keine Liebe der Welt

Er ist ein schlechter Schauspieler. Er weiß auch, dass sie weiß, dass er das weiß – und so fort, bis in alle Ewigkeit. Rosentreter fühlt sich durchschaut, schon bevor er den Besucherraum betritt. Seit Moritz' Unschuld bewiesen ist, hat Mia einen merkwürdigen Blick. Er scheint durch alles hindurchzugehen, als bestünde die ganze Welt aus Glas. Es ist ein Blick, der wehtut und dem man sich ungern aussetzt, besonders dann nicht, wenn man schlechte Nachrichten zu überbringen hat. Und Rosentreters Kopf, seine Hände, seine Hemd- und Hosentaschen quellen nur so über von schlechten Neuigkeiten. Er hat den Eindruck, dass er selbst zu einer schlechten Neuigkeit geworden ist. Der zuversichtliche Gesichtsausdruck, den er aufsetzt, bevor er über die Schwelle tritt, schmerzt seine Wangen. Natürlich ist Mia schon da. Rosentreter kann sich nicht erinnern, jemals gesehen zu haben, wie sie eine Tür durchschreitet. Immer, wenn er hereinkommt, sitzt oder steht sie bereits am rechten Platz, als hätte man sie dort installiert, bereitgestellt für die geplante Szene. Vielleicht hat sie Knöpfe am Rücken und eine Kupferspule im Bauch. Seit Tagen merkt er, wie er sie zu hassen beginnt. Er schämt sich für dieses Gefühl und dafür, dass es ihm gut tut. Es macht die Lage einfacher. Mia völlig grundlos und trotzdem aus tiefstem Herzen zu verabscheuen, ist eine Erleichterung.

Sie schaut ihm entgegen und wartet reglos, bis er vor der Plexiglasscheibe Platz genommen hat. Ihr Gesicht ist eingefallen, und Rosentreter fragt sich, ob man ihr zu wenig zu essen gibt. Wenn er ehrlich ist, will er es gar nicht wissen. Am liebsten würde er die ganze Sache beenden. Seit seinem großen juristischen Triumph im Fall Holl laufen die Dinge in eine falsche Richtung. Das ist Mias Schuld. *Sie* hat sich geweigert, seinen Rat zu befolgen, und stattdessen auf ihrer radikalen Stellungnahme bestanden. Ihre seltsame Bereitschaft, einem Raubtier wie Kramer Tür und Tor zu öffnen! In Rosentreters Augen ist das Obsession, Masochismus, um nicht zu sagen: Geistesgestörtheit. Natürlich war er es, der die Ereignisse in Gang gebracht und zu einem grandiosen Erfolg geführt hat. Dann aber hat ihm Mia die Zügel aus der Hand genommen, um ihren eigenen, verworrenen Plänen zu folgen. Jetzt kann Rosentreter nicht mehr viel für sie tun. Im juristischen Sprachgebrauch nennt man das überholende Kausalität. Ein simples Problem der Zurechenbarkeit. Mia wollte selbst etwas verursachen und ist somit auch allein für die Konsequenzen verantwortlich. Ihr Anwalt hat nicht den geringsten Grund, sich ein schlechtes Gewissen einzureden.

Mias Miene hellt sich auf, als Rosentreter vor ihr sitzt. »Hallo«, sagt sie schlicht.

Offensichtlich freut sie sich, ihn zu sehen, und dafür hasst Rosentreter sie noch mehr. Im Stillen entschuldigt er seine Gefühlslage mit Verwirrung. Er fühlt sich auf ganzer Linie überfordert. Er besitzt nicht einmal die leiseste Ahnung, wie er das Gespräch beginnen, geschweige denn, was er als Nächstes tun soll. Mia kommt ihm zu Hilfe.

»Es ist ganz einfach«, sagt sie, während Rosentreter sich besorgt fragt, ob sie Gedanken lesen kann. »Du saugst Luft in die Lungen, spannst das Gaumensegel und die Stimmritze, lässt den Atem darüberstreichen und setzt dabei Zunge und Lippen in Bewegung. Mit anderen Worten: Erzähl!«

Sie lächelt. Vermutlich hat sie versucht, einen Witz zu machen. Jetzt legt sie auch noch eine tröstende Hand an die Scheibe, woraufhin Rosentreter von einer Verzweiflung gepackt wird, die ihm genug Kraft gibt, um sich endlich zusammenzureißen.

»Das Höchste Methodengericht hat deine, also, unsere Klage abgewiesen.« Er räuspert sich. »Wegen mangelnder Aussicht auf Erfolg.«

»Dann bleibe ich hier drin?«

»So sieht es wohl aus. Der Härtefallantrag wurde ebenfalls endgültig abgelehnt. Man setzt das Verfahren gegen dich fort.«

»Das überrascht uns nicht wirklich, oder?«

»Nein.«

»Hast du Zeitungen dabei? Lies mir vor.«

»Wirklich?«

»Unbedingt.«

Rosentreter holt einen kleinen Stapel Tagespresse hervor. Er hat sich bemüht, nur die harmlosesten Artikel mitzubringen.

»Neue Erkenntnisse im Fall Holl«, liest er. »Botulinum-Fund wirft neues Licht.«

»Botulinum?«, fragt Mia.

»Du wolltest doch, dass ich dir vorlese, oder nicht?«

»Klar! Was ist denn bloß los?«

»Vielleicht erzähl ich's dir lieber selbst.« Rosentreter legt die Zeitungen beiseite und zieht ein Taschentuch hervor, um seine Handflächen zu trocknen. »In deiner Wohnung wurden Bakterienkulturen gefunden. In Nahrungsmitteltuben.«

»In meiner Wohnung?« Mia denkt kurz nach, dann fällt ein Schatten über ihr Gesicht. »Meine Güte. Dafür brauchte Kramer die Dinger.«

»Außen auf den Tuben waren deine Fingerabdrücke. Und innen fünfzig Gramm Botulinum.«

»Das wäre genug, um das halbe Land zu vernichten!«

»In deinem Labor hat jemand ausgesagt, du hättest mit Botulinum gearbeitet.«

»Das ist zehn Jahre her. Es ging um die Entwicklung eines neuen Medikaments.«

»Spielt keine Rolle, Mia. Der Methodenschutz hat

deinen gesamten Datenapparat gescannt. Gespeicherte Telefonanrufe, Abhörergebnisse aus deiner Wohnung, elektronische Korrespondenz.«

»Und?«

»Auf deinem Rechner waren Dateien mit Plänen der Trinkwasserversorgung.«

»Ich lebe in einem Wächterhaus. Ich habe auch Pläne der Stromversorgung und der Kanalisation.«

»Eine Vergiftung mit Botulinum wäre eine Katastrophe.«

»Du weißt, dass das Unsinn ist?«

»Ja.«

»Was werden wir tun?«

»Ich habe sofort Beschwerde gegen die Hausdurchsuchung eingelegt. Aber sie haben aufgepasst. Alles perfekt. Begründung des Staatsanwalts. Richterliche Anordnung. Der Fund wurde von neutralen Zeugen bestätigt. Eine Frau Poll und eine gewisse Lizzie.«

»Die werden sich gefreut haben.«

»Es ist schwierig, dem Methodenschutz Fehler nachzuweisen. Um nicht zu sagen, unmöglich.«

Langsam nickt Mia vor sich hin. Schließlich legt sie den Kopf schief, als würde sie auf etwas lauschen.

»Sie rufen nicht mehr dort draußen?«

»Nein«, sagt Rosentreter bedauernd. »Da draußen steht niemand mehr.«

»Komisch. Ich kann es immer noch hören.«

»Und das ist gut so!« Rosentreter schlägt die flache Hand auf die Armlehne seines Plastikstuhls. »Wir werden nicht aufgeben. Ich reiche eine neue Klage beim Höchsten Methodengericht ein. Und ich schreibe Petitionen an den Methodenrat, in denen ich unsere Sichtweise darlege. Außerdem kenne ich einen Nachwuchsjournalisten, der …«

Mia hebt den Kopf.

»Möchtest du meinen Fall abgeben?«

»Hab ich das gesagt?«, protestiert der Anwalt. »Wie kommst du darauf?«

»Ich wäre die Letzte, die dir deswegen böse ist. Wenn du aufhören willst, sag es lieber gleich.«

Eine Weile schweigen sie, jeder mit eigenen Gedanken beschäftigt. Dann streckt Rosentreter den Rücken und packt die Zeitungen weg. Natürlich würde er das Mandat gern niederlegen. Am liebsten würde er Mia Holl nie wiedersehen. Doch gerade weil sie es vorgeschlagen hat, kann er es nicht tun. Es gibt Menschen, denkt Rosentreter, die sich weder zu Helden noch zu Verbrechern eignen. Sie sind immer in der Überzahl. Als er antwortet, klingt es zu seiner eigenen Überraschung entschlossen.

»Nein«, sagt er. »Wir stehen die Sache gemeinsam durch.«

»Wie du meinst.«

Mia sieht nicht aus, als würde sie sich über seinen Entschluss freuen. Vielleicht, denkt Rosentreter weiter, ist es ihr inzwischen egal, ob sie verteidigt wird oder nicht. Vielleicht hat sie ihre Lage längst erkannt, besser als er. Vielleicht beurteilt sie ihr eigenes Schicksal, wie es ihrer Persönlichkeit entspricht: nüchtern, präzise, ohne jede Sentimentalität. Dann weiß sie mittlerweile, dass es nicht mehr um Anfechtungen geht, um Prozessstrategien oder Petitionen zum Methodenrat. Es geht nicht einmal um Botulinum-Funde, sondern um die Tatsache, dass die Datenspur eines Menschen Millionen von Einzelinformationen enthält, aus denen sich jedes beliebige Mosaik zusammensetzen lässt. Wenn die METHODE glaubt, in Mia Holl einen Gefährder vor sich zu haben, dann sieht sie auch einen Gefährder. Und Rosentreter muss Mia nur ein wenig von der Seite anschauen, sodass ihre Nase im Profil scharf vorspringt und die Augen besonders tief in den Höhlen liegen – schon sieht er das auch. So lange, bis sie das Haar mit beiden Händen zurückstreicht und ihn anlächelt.

»Und du?«, fragt sie im Plauderton. »Wie geht es dir?«

»Nun ja«, beginnt Rosentreter. Diese Frage stellt er sich seit Tagen selbst. Pausenlos. Ohne Ergebnis. »Ich habe mich von meiner … Bekannten getrennt.«

»Was sagst du da?« Die Nachricht regt Mia mehr auf als alles Vorangegangene. »Von der Frau, die wie kaltes Wasser auf einer Verbrennung ist? Weshalb, um alles in der Welt?«

»Es war besser so. Wir haben uns nur noch gestritten. Wochenlang. Deinetwegen.«

»Aber sie glaubt doch nicht etwa, dass wir …«

»Das nicht.« Der Anwalt lächelt bitter. »Es wäre das vergleichsweise kleinere Problem. Sie konnte nicht einsehen, warum ich mich durch deinen Fall selbst in Gefahr bringe. Sie warf mir Karrieregeilheit vor. Schließlich musste ich ihr sagen, was es mit deinem Prozess auf sich hat. Dass ich es nicht mehr ausgehalten habe, mich wie ein Schwerverbrecher auf der Flucht zu fühlen, nur weil ich der Frau meines Lebens begegnet bin. Dass ich ein Zeichen setzen wollte. Dass ich mich wehren musste, als sich die Gelegenheit bot.« Rosentreter bedeckt das Gesicht; seine Stimme klingt hohl. »Als sie das begriffen hatte, ist sie regelrecht ausgerastet. Sie ist ein sanftes Wesen; nie zuvor hat sie mich derart angeschrien. Wie ich darauf käme, dass unsere Liebe wichtiger sei als ein ganzer Staat. Keine Liebe der Welt, schrie sie, rechtfertigt die Verteidigung einer Terroristin.«

»Einer Terroristin?«

»Ich musste das so stehen lassen. Ich konnte ihr nicht einmal die Wahrheit erklären, verstehst du? Zu ihrem eigenen Schutz. Sie führt ein normales Leben. Wie die meisten normalen Menschen glaubt sie an nichts – außer an das, was in den Zeitungen steht. Ich habe kein Recht, ihre Welt zu zerstören. Ich durfte sie da nicht mit hineinziehen.«

»Das ist ein harter Schlag«, sagt Mia. »Damit hast du zugleich den Grund und das Ziel deiner Reise verloren. Eine perfide Metapher der Sinnlosigkeit. Ich bin froh, nicht in deiner Haut zu stecken.«

Rosentreter lässt die Hände sinken und schaut Mia aus geröteten Augen an.

»Du findest deine Lage besser als meine?«

»Aber sicher. Ich kann mir in jeder Sekunde sagen: Moritz hätte das gewollt. Dies auch. Und jenes hier hätte er immer noch gewollt. Mein Vorteil besteht darin, dass er nicht mehr widersprechen kann.«

Rosentreter erhebt sich in plötzlicher Eile und rafft seine Sachen zusammen. Jeder Mensch hat eine Schmerzgrenze. Mit den letzten Sätzen wurde seine überschritten.

»Verzeih«, sagt er. »Ich muss jetzt gehen.«

»Komm an die Scheibe heran«, flüstert Mia.

Sie legen die Hände von beiden Seiten gegen das Glas.

»Hast du es mitgebracht? Es ist das Einzige, worum ich dich jemals gebeten habe.«

Er senkt die linke Hand in die Jackentasche und verbirgt etwas zwischen den Fingern, das er, einen Kuss gegen die Scheibe vortäuschend, durch eins der kleinen Sprechlöcher schiebt.

»Danke.« Mia schließt die Faust um den Gegenstand.

Es ist keine Angelschnur, sondern eine lange Nadel.

Mittelalter

Ich werde eine Gegendarstellung veröffentlichen.« Mias Blick wandert aufgescheucht zwischen Kramers Augen hin und her. »Ich werde alles richtigstellen. Botulinum in Tuben! Dass ich nicht lache! Wussten Sie, dass sich Bakterienkulturen in luftleeren Behältnissen nicht vermehren können? Wir werden ein paar naturwissenschaftliche Details Ihres Plans korrigieren. Sie sind wieder einmal als Sprachrohr gefragt. Nehmen Sie Papier und Stift.«

»Das ist kein guter Moment für eine weitere Proklamation. Die Dinge laufen vortrefflich. Wir beide werden uns eine Weile ganz ruhig verhalten, während die Hobby-Revolutionäre nach Hause gehen und sich zu schämen beginnen.«

»Sie können gern ruhig sein, wenn Sie wollen. Ich nicht. Ich will zu meinen Leuten sprechen.«

»Tut mir leid, Mia.«

»Nehmen Sie Papier und Stift!«

Sie ist mit einem Satz auf ihn zu gesprungen und hebt die Krallen, wie sie es gegenüber den Methodenschützern schon einmal getan hat. An nichts gewöhnt sich der Mensch schneller als an Gewalt.

»Mir ist alles egal«, ruft sie, »und das macht mich gefährlich!«

»Machen Sie sich vor allem nicht lächerlich.«

Kramer unternimmt nicht die geringsten Anstalten, sich zu wehren. Vor seiner unbewegten Haltung bricht Mias Angriff kraftlos in sich zusammen. Vielleicht ist es leicht, sich kratzend und tretend gegen eine übermächtige Attacke zu verteidigen. Aber einen Mann anzugreifen, der die Hände in den Hosentaschen hat und in lässiger Pose an der Wand lehnt, ist etwas für Fortgeschrittene.

»Okay«, sagt Kramer und benutzt damit ein Wort, das man selten von ihm hört. Würde Mia ihn besser kennen, könnte sie daran ablesen, dass er einen Moment lang ehrlich vor ihr erschrocken war. Aus Mia ist alle Kraft gewichen.

»Wenn wir dann so weit sind, würde ich gern zum Geschäftlichen kommen.« Kramer klopft sich die vergangenen Sekunden aus den Ärmeln seines Sakkos und beginnt, wie ein Vortragender vor Mia auf und ab zu spazieren. »Wir sprachen neulich über Geständnisse und ihre Rolle im Strafverfahren. Wenn das Geständnis fehlt, bedarf es einer perfekten Kette aus Beweisen. Zeugenaussagen, Fingerabdrücke, Tonbandaufnahmen und dergleichen mehr. Die subjektive Wahrheit des Angeklagten wird gewissermaßen durch eine möglichst objektive ersetzt.«

»DNA-Tests sind sehr beliebt«, flüstert Mia, was Kramer ignoriert.

»In Ihrem Fall scheint die Beweiskette lückenlos vorzuliegen. Trotzdem ist die METHODE sehr an einem Geständnis interessiert. Man bietet Ihnen umfangreiche Privilegien an.«

»Privilegien?« Verständnislos hebt Mia den Kopf. Sie muss Kramer nur eine Weile in die Augen schauen, dann weiß sie, was die Verhandlungsmasse beinhaltet. Ein Staat, der sich auf die METHODE, also auf eine absolute Wertschätzung des menschlichen Lebens stützt, kann keine Todesstrafe verhängen. Stattdessen gibt es die Verurteilung zum Scheintod – und damit verbunden die Chance, irgendwann in der Zukunft unter veränderten politischen Bedingungen rehabilitiert zu werden. Eine weise Lösung und trotzdem für die Betroffenen nicht angenehm. Wie Moritz zu sagen pflegte: Wer stirbt, entwischt. Wer eingefroren wird, gehört endgültig dem System. Als Jagdtrophäe.

»Ihr geht tatsächlich bis zum Äußersten«, unterbricht Mia die Stille. »Und ich weiß nicht einmal, was man mir vorwirft.«

»Doch, das wissen Sie. Früher hätte man gesagt: Hochverrat.«

»Und heute?«

»Der Methodenschutz hat sich für Sie eingesetzt, Mia. Auf dringendes Anraten der Experten haben sich Staatsanwalt Bell und Richter Hutschneider bereit erklärt, im Falle eines Geständnisses auf mildernde Umstände zu erkennen. Gefängnisstrafe statt Einfrieren. Vielleicht erleichterte Haftbedingungen nach ein paar Jahren. Sie sind noch jung.«

»Sie wollen tatsächlich, dass ich Ihren Botulinum-Unsinn gestehe? Dass ich behaupte, der Tod meines Bruders sei die Inszenierung einer fiktiven Widerstandsgruppe gewesen? Sie sind übergeschnappt, Heinrich Kramer.«

»Ich finde, Sie sollten in Ruhe darüber nachdenken.«

»Keine Sekunde. Ihr habt mir alles genommen, was wichtig war. Meinen Bruder, meine Wohnung, meine Arbeit. Meinen Glauben an so etwas wie Gerechtigkeit, falls ich den jemals hatte. Wissen Sie, was am Ende übrig bleibt?«

»Kommt jetzt wieder ein Anachronismus aus dem zwanzigsten Jahrhundert?«

»Die Seele bleibt übrig«, sagt Mia. »Der Geist. Die Würde. Wenn ihr Spaß daran habt, mich einzufrieren, dann tut es.«

»Ihr Bruder hätte *das* sicher nicht gewollt.«

»Sie!«, schreit Mia. »Sprechen Sie nie wieder von Moritz! Sie sollen an seinem Namen ersticken, wenn Sie ihn noch einmal in den Mund nehmen!«

»Nicht doch!« Kramer schlägt in gespieltem Entsetzen ein Kreuz in die Luft. »Ein Hexenfluch. *Vade retro!* – Verzeihen Sie. Ein kleiner Scherz. Zurück zum Ernst der Lage. Die Sache mit Moritz ist ein schwerer Schlag für unser Land. Zum ersten Mal hat sich die METHODE als fehlbar erwiesen. Sie wissen, dass es terroristische Drohungen gab.«

»Ich dachte, die Hobby-Revolutionäre wären nach Hause gegangen?«

»Die R.A.K. hat Auftrieb erhalten. Die zuständigen Behörden melden Fälle, in denen Menschen ohne erfindlichen Grund ihren Gesundheits- und Hygienepflichten nicht mehr nachkommen. Sie müssen sich das klarmachen, Mia.« Er beugt sich vor und versucht, nach ihrer Hand zu greifen, so selbstverständlich, als hätten die Umstände sie inzwischen miteinander verheiratet. »Heutzutage hat niemand mehr ein intaktes Immunsystem. Wenn wir aufhören, gemeinsam an Sicherheit und Sauberkeit zu arbeiten, gibt es binnen weniger Wochen eine Epidemie.«

»Und was hat das mit mir zu tun?«

»Jeder Widerstand wird sich in Zukunft auf Ihren Bruder berufen. Die Geschichte lehrt uns, wie einzelne Ereignisse zu blutigen Katastrophen führen. Prager Fenstersturz, Sturm auf die Bastille, Thronfolgermord in Sarajevo. Die Verurteilung von Moritz Holl. Ich appelliere an Ihre Vernunft. Wenn Sie, wie Sie sagen, gerade Ihr wahres Selbst gefunden haben, dann müssen Sie sich auch fragen, wie dieses Selbst die Last einer solchen Verantwortung tragen soll.«

»Last?« Mia rollt die Schultern. »Ich spüre nichts.«

Kramer tritt einen Schritt dichter an sie heran.

»Wenn Sie könnten, würden Sie dann nicht den Mord an Franz Ferdinand rückgängig machen?«

»Vielleicht«, sagt Mia zögernd.

»Geschehenes lässt sich dummerweise nicht annullieren. Aber Zukünftiges lässt sich verhindern, Mia Holl. Wollen Sie für Ihre ›Würde‹ ein System gefährden, von dem Millionen Menschen abhängen? Ist es ›würdig‹, die eigene Person über alles andere zu stellen? Was ist das Höchste, Mia Holl? Was ist, angesichts Ihrer Würde, der Mensch?«

»Das weiß ich nicht«, sagt Mia trotzig.

»Dann denken Sie gefälligst darüber nach! Ich gebe Ihnen vierundzwanzig Stunden.«

»Brauch ich nicht. Ich werde weder meinen Bruder noch mich selbst verraten.«

»Ist das Ihr letztes Wort?«

»Es ist ganz simpel. Sie glauben, mich überreden zu können, weil ich keine Argumente habe. Aber das Gegenteil ist der Fall. Ich brauche keine Argumente. Je weniger ich davon habe, desto stärker werde ich.«

»Mia…« Kramer reibt die Hände aneinander, schiebt sie in die Taschen, holt sie wieder heraus. Plötzlich erinnert er ein wenig an Rosentreter. Offensichtlich ringt er mit einem schmerzhaften Gedanken. »Die METHODE macht Ihnen ein Angebot. Aber sie bittet nicht. Verstehen Sie das?«

Weil Mia nicht antwortet, nimmt Kramer seinen Spaziergang durch die Zelle wieder auf.

»Wir sind noch nicht am Ende dieser Unterhaltung. Ich muss Sie darüber informieren, dass die

Strafrechtsgeschichte bei aller Progressivität keine vollkommen irreversible Angelegenheit darstellt. In Situationen von besonderer Bedeutung und hoher Brisanz, wenn also eine Gefahr für das Große und Ganze vorliegt, kommt es vor, dass man auf veraltete Maßnahmen zurückgreifen muss.«

Sekundenlang starrt Mia ihm fassungslos ins Gesicht, unfähig, irgendetwas zu sagen.

»Klartext, Kramer«, stößt sie endlich hervor. »Was schwebt Ihnen vor?«

»An den technischen Details hat sich wenig geändert. Da funktioniert im Wesentlichen alles wie vor fünfzig Jahren. Man stellt Sie auf eine Kiste, nackt, versteht sich, und zieht Ihnen eine schwarze Kapuze über den Kopf. An Ihren Fingern, Zehen und primären Geschlechtsteilen werden Kontakte befestigt, Wäscheklammern nicht unähnlich.« Er öffnet und schließt die Finger, als würde er solche Klammern betätigen. »Die Stromstärke wird stufenlos hochgefahren. Zwei gut ausgebildete Ärzte vom Universitätsklinikum sorgen dafür, dass Sie nicht … draufgehen.«

Mia schüttelt den Kopf, lacht auf, wendet sich ab und läuft zur Tür. Sie ist verschlossen. Sie rüttelt ein paar Mal heftig an der Klinke und bleibt dann einfach stehen, hebt einen Zeigefinger und streicht über das kalte Metall, als wollte sie die Qualität der Oberfläche überprüfen.

»Das ist es also. Nicht irreversibel, trotz aller Progressivität!« Lachend dreht sie sich um. »Im Grunde wussten wir das alles, nicht wahr, Kramer? Sie sowieso. Aber ich auch. Es hat sich nichts geändert. Es ändert sich niemals etwas. Ein System ist so gut wie das andere. Das Mittelalter ist keine Epoche. Mittelalter ist der Name der menschlichen Natur.«

»Harte Worte, aber nicht ganz verfehlt. Wollen Sie Ihre Entscheidung also noch einmal überdenken?«

»Nein. Werden Sie dabei sein?«

»Ungern.« Kramer räuspert sich. »Meine Magennerven sind nicht die besten. Wenn Sie allerdings darauf bestehen …«

›Es‹ regnet

Es ist nur mein Körper. Der Körper. Nur der Körper.«

Mias Stimme ist anzuhören, dass sie schon seit vielen Stunden auf diese Weise mit sich selbst spricht.

»Meine Zehen gehören zum Körper. Meine Finger gehören zum Körper. Mein Geschlecht gehört zum Körper. Arme und Beine gehören zum Körper. Der Magen gehört zum Körper. Mein Herz gehört zum Körper. Mein Gehirn …« Sie stockt einen Augenblick; ein Krampf lässt ihre Schultern zucken, ihr Kopf schlägt mehrmals auf den Boden. »Auch mein Gehirn gehört zum Körper. Materie, die sich selbst anglotzt. Das können sie haben. Moritz hätte das gewollt.«

Wieder durchläuft sie ein Krampf, bei dem sie versucht, eine Hand unter die rechte Schläfe zu schieben, um die Stirn zu schützen. Als wäre sie noch immer an die Maschine angeschlossen. Irgendwann hat man Kiste und Kabel entfernt und Mia am Boden zurückgelassen. Eingerollt wie ein Embryo liegt sie in ihrer kleinen Zelle und hat sich, abgesehen von den regelmäßigen Spasmen, seit einer halben Ewigkeit nicht bewegt. Der Boden ist gekachelt und dementsprechend kalt und hart. So gesehen hat Mia Glück, dass sie sich nicht mehr spürt. Was ihr größere Probleme bereitet als der Boden, ist die Tatsache, dass das Licht flackert. Genauer gesagt, es schaltet sich in regelmäßigen Abständen von jeweils 1,5 Sekunden an und wieder aus. Mias Körper wird von gleißender Helligkeit erfasst und gleich darauf zurück in die Dunkelheit gestoßen. An, aus. Man muss flackern. Der freie Mensch gleicht einer defekten Lampe. So hat es Moritz einst ausgedrückt.

Das Licht hindert Mia am Schlafen. Es hindert sie am Denken. Jeder neue Lichtblitz fährt ihr wie ein Messer ins Hirn. Es gibt keinen Frieden. Keine Bewusstlosigkeit. Kein Abtauchen ins gnädige Vergessen. Man hat Mia, oder das, was von ihr übrig ist, dazu verurteilt, hellwach zu sein.

»Das Gute an einer Schwester, hast du einmal zu mir gesagt, ist, dass man nicht an sie glauben muss. Das unterscheide mich, deine Schwester, von Gott, von dir selbst und von allem, was du denkst oder tust. Ich behauptete, dass außer Gott ohnehin niemand so dumm sei, permanent Beweise für seine Existenz zu verlangen. Du wurdest ernst und erwidertest, dass Gottes Existenz längst bewiesen sei, und zwar gerade durch die Sätze ›Es gibt keinen Gott‹ oder ›Gott ist tot‹. Weil ich das nicht einsehen wollte, musstest du es erklären. Wenn etwas wirklich nicht existiere, meintest du, brauchten wir es nicht zu leugnen oder für tot zu erklären. Sonst hätten wir unendlich viele Sätze wie ›Kasmaneten gibt es nicht‹ oder ›Tiesel ist tot‹. Was, fragte ich, sind Kasmaneten? Und wer ist Tiesel? Da musstest du lachen. Und wie! Siehst du, hast du gerufen, die gibt es eben wirklich nicht! Gut, dass wir nicht darauf angewiesen sind, unaufhörlich das Nichtexistierende zu leugnen, um es vom Sein abzuhalten. Sonst hätten wir den ganzen Tag nichts anderes zu tun. Du warst gerade zwölf geworden.«

Als der nächste Krampf sie schüttelt, gelingt es ihr, beide Hände unter den Kopf zu schieben und sich ein Stück herumzurollen, fast schon bis auf den Rücken.

»Natürlich habe ich mitgelacht. Es war schön. Wir haben gern zusammen gelacht, vor allem als wir Kinder waren und du die Philosophie für dich entdecktest. Die Philosophie war ein nicht enden wollendes Gelächter. ›Es gibt‹ oder ›Es gibt nicht‹ – was soll das überhaupt heißen? So konntest du fragen. Dass uns die Welt gegeben wird? Von wem? Von ›es‹? Ist ›es‹ dasselbe Es, das auch regnet? Oder friert? Oder geht? Oder Spaß macht? Oder Zeit ist? Wenn ja, dann hat Gott wohl etwas mit dem ›Ich‹ gemeinsam. Beide sind nichts weiter als Pronomen. Ein grammatikalisches Problem.«

Mia macht ein Geräusch, das man mit gutem Willen als eine Mischung aus Lachen und Husten deuten könnte.

»Du warst so klug. Nie wieder konnte ich ›Es regnet‹ sagen, ohne dabei zu grinsen. *Regnet es?* Welche Jahreszeit haben wir überhaupt? Jeder Mensch sollte eine dunkle Baumkrone vor dem Fenster haben oder ein schwarzes Schieferdach auf der anderen Straßenseite, irgendetwas, auf das er starren kann, um herauszufinden, ob es regnet. Wir brauchen ein Grundrecht auf Schwärze. Ich werde mich dafür einsetzen. Die Nacht wurde erfunden, damit wir uns Stück für Stück an die Dunkelheit gewöhnen. Der Schlaf wurde erfunden, damit wir uns Nacht für Nacht an den Tod gewöhnen. Mach das Licht aus. Manchmal ergibt sich aus langen Gedankengängen nichts weiter, als dass Herbst ist.«

Eine Weile liegt Mia schweigend und klopft mit einem schlaffen Fuß den Takt der Lichtschaltung auf den Boden, so lange, bis der Kopf von den Ergebnissen seiner pausenlosen, penetranten, überflüssigen Gedankenproduktion wieder zugewuchert ist. Ein undurchdringlicher Urwald aus Argumentationen. Reden ist Roden.

»Deine Knie seien mein einziger Stuhl. Dein Rücken mein Tisch. Deine Augen meine Fenster. Dein Mund sei das Glas, aus dem ich trinke. Dein Herz meine Nahrung, dein Puls meine Uhr, dein Leben meine Zeit. Dein Atem sei meine Luft. Dein Gesicht mein Mond, wenn du dich bei Nacht über mich beugst, und meine Sonne, wenn du bei Tag für mich lachst. Deine Stimme sei mein einziges Geräusch.

Dein Puls meine Uhr, dein Leben meine Zeit. Dein Tod sei meiner.«

Die Spasmen kehren heftig zurück, lassen Mia den Kopf hin und her werfen, als könnte sie auf diese Weise lästige Gedanken wie Fliegen verscheuchen. Als ihre Schläfe ein weiteres Mal den Boden trifft, sickert Schmerz ein, scheinbar durch das rechte Ohr, verteilt sich wie Säure entlang des Unterkiefers, betäubt die Lippen, schließt ihr das rechte Auge. Mia sieht den eigenen Kopf als einen Ameisenbau vor sich, nur aus feinen Gängen bestehend, angefüllt mit einer ätzenden Flüssigkeit. Dann wird es endlich dunkel.

Dünne Luft

Es plätschert; ein unregelmäßiges, hell klingendes Rieseln; zu laut für Regen, zu tropfenartig für einen Fluss. Dazu riecht es nach Essig. Als Mia die Augen aufschlägt, schaut sie direkt in Kramers Gesicht. Sie wundert sich nicht einmal darüber. Längst ist es, als hätte man ihr sein Konterfei auf die Innenseite der Augenlider gemalt.

»Was machen Sie da?«, fragt sie.

»Ich arbeite an Ihrer Auferstehung.« Er taucht den Schwamm in die Schüssel und fährt ihr damit über die Stirn. »Wie geht es Ihnen?«

»Hervorragend. In einer Minute werde ich kräftig genug sein, um Ihnen den Schädel einzuschlagen.«

»Das würde mich freuen«, sagt Kramer.

Plötzlich zuckt Mias Kopf krampfartig von einer zur anderen Seite und schlägt Kramer die Schüssel aus der Hand.

»Verzeihung«, sagt Mia. »Das sind Kollateralschäden. Aber wahrscheinlich kommt es ohnehin nicht mehr darauf an.«

»Darüber wollte ich mit Ihnen sprechen.«

Kramer hat jene zwei Stühle mitgebracht, auf denen er schon einmal mit Mia gesessen und geplaudert hat, und die nach seinem letzten Besuch gleich wieder aus der Zelle entfernt worden sind. Er muss Mia vom Boden heben, um sie auf ihren Platz zu verfrachten. Eine Weile ist er damit beschäftigt, ihre Körperteile zu einer sitzenden Haltung zu sortieren und ins Gleichgewicht zu bringen, damit sie nicht gleich wieder vom Stuhl rutscht.

»Früher«, sagt Mia, »hat man die Angeklagten der Hexenprozesse laufen lassen, wenn sie die Folter überstanden.«

»Unser Rückgriff aufs Mittelalter reicht leider nicht ganz so weit.«

»Gehen Sie in die Ecke da«, sagt Mia und deutet mit dem Kinn.

»Was?« Kramer, der sich gerade setzen wollte, hält inne.

»Tun Sie mir den Gefallen.«

Er wendet sich um und tritt an die bezeichnete Stelle.

»Wissen Sie«, fragt er, »was mich am meisten erschüttert?«

»Knien Sie sich hin.«

Nach einem prüfenden Blick auf Mias kraftlose Gestalt lässt sich Kramer auf die Knie sinken und spricht in dieser Haltung weiter. Altmodisch sieht er dabei aus. Wie ein betender Christ.

»Seit gestern«, sagt Kramer, »denke ich ununterbrochen darüber nach. Ich glaubte immer, alle wichtigen Fragen bereits in jungen Jahren ergründet zu haben. Ein richtig geführtes Leben gliedert sich in vier Abschnitte. Die ersten zwanzig Jahre ist man ein denkender, die nächsten zwanzig ein redender Mensch. Während der dritten Etappe wird gehandelt und auf der letzten kehrt man wieder zum Denken zurück. Ich bin kürzlich vom Reden zum Handeln übergegangen.«

»Fahren Sie mit den Fingernägeln in die Fuge zwischen den Kacheln«, sagt Mia.

Kramer gehorcht und tastet über den Boden. »Und dann tauchen Sie auf, Mia, und geben mir noch einmal richtig etwas zum Grübeln!«

Er klingt gut gelaunt. Kniend dreht er sich nach Mia um, als wollte er nachschauen, ob auch sie sich über seine geistige Verjüngungskur freut. Aber Mias Interesse gilt konkreteren Dingen. Sie hat sich mit ihrer ganzen verbleibenden Kraft im Stuhl aufgerichtet und kneift die Augen zusammen, um besser sehen zu können.

»Haben Sie es gefunden?«

»Das hier?«

Kramer steht auf und hält eine lange Nadel zwischen Daumen und Zeigefinger.

»Sehr gut«, sagt Mia. »Kommen Sie her.«

Gehorsam tritt Kramer vor sie hin. »Interessiert Sie gar nicht, worüber ich nachdenke?«

Mia nimmt die Nadel entgegen und schüttelt krampfhaft den Kopf, was in diesem Fall tatsächlich eine Verneinung bedeuten soll.

»Sie haben mich einen Fanatiker genannt«, sagt

Kramer. »Dabei sind *Sie* es doch, die für ihre nagelneuen Überzeugungen sterben will. Ist das nicht merkwürdig?

»Beugen Sie sich herunter.«

Kramer knickt in der Hüfte ein und stützt die Hände auf die Knie wie ein Torwart, bis sein Gesicht dicht vor ihrem schwebt. Während sie sich aus nächster Nähe in die Augen sehen, hebt Mia die Nadel und zielt damit auf seine rechte Pupille.

»Ich komme nicht darüber hinweg«, fährt er fort. »Was unterscheidet den Fanatiker von der Märtyrerin? Bin nicht *ich* der Märtyrer, weil ich mich schon vor Jahren für eine Seite entschieden habe und ihr alles opfere? Und weil ich ihr auch in Zukunft dienen will, mit dem wertvollsten, das ein Mensch besitzt, nämlich mit meiner Lebenszeit? Während Sie blind gegen eine Übermacht anrennen und dabei unbedingt in den Tod gehen wollen! *Das* ist Fanatismus, oder nicht?«

Mia nähert die Nadel weiter seinem Auge.

»Haben Sie gar keine Angst?«

»Nein«, sagt Kramer.

»Sehen Sie, ich schon. Mein Fanatismus ist nichts weiter als ein verkümmerter Ableger des Ihren.« Sie lässt die Hand sinken. »Stellen Sie sich vor, ich habe mir diese Nadel extra beschafft, um Sie Ihnen durchs Auge ins Hirn zu schieben. So viel waren Sie mir wert. Inzwischen bin ich klüger. Die schärfsten Waffen richtet man gegen sich selbst.«

Kramer hat nicht versucht, sein Auge gegen Mias spitzes Werkzeug zu schützen, und er macht auch keine Anstalten, sie von ihrem weiteren Tun abzuhalten. Nur ein wenig Abstand gewinnt er und verzieht angewidert das Gesicht, als sie den linken Ärmel des Papieranzugs hochschiebt, ihren Oberarm betastet und ausholt. Kein Zögern bremst den Schwung ihrer Hand. Die Nadel dringt zentimetertief unter die Haut.

»Wer von uns«, fragt Kramer, sich abwendend, »begeht nun das größere Verbrechen?«

»Falls Sie der Selbstzweifel packt«, sagt Mia zwischen zusammengebissenen Zähnen, »seien Sie sich einer Sache ganz sicher: Das größte Schwein sind immer Sie.«

Blut läuft ihr den Arm hinunter; rote Flecken breiten sich auf dem Papieranzug aus. Den Kopf so weit wie möglich zur Seite gedreht, um besser sehen zu können, hält Mia die Nadel fest zwischen den Fingern und wendet sie in der Wunde, bemüht, die Ränder zu erweitern.

»Was Sie hier sehen«, sagt sie, »ist Ihr Werk. Sie sind die Nadel, der Arm, das Blut. Sie sind der rechtmäßige Besitzer dieser kläglichen Überreste, die einst so etwas wie eine glückliche Frau gewesen sind. Hören Sie sich eigentlich noch selbst zu, Heinrich Kramer? Erst zerstören Sie mich, und dann werfen Sie mir vor, dass ich nichts mehr zu verlieren habe. Das entbehrt nicht eines gewissen Humors.«

Wieder schüttelt sie heftig mit dem Kopf. »Wie stolz Sie darauf sind, kein Fanatiker zu sein! Wie sorgsam Sie auf rationale Überlegenheit achten, auf analytische Distanz! Aber aufgepasst, die Pointe kommt noch. Sie sind schlimmer als jeder Fanatiker. Ein Fanatiker, der sich seines Fanatismus schämt. Wollen Sie wissen, was daran besonders widerlich ist?«

»Gern. Wenn Sie einstweilen aufhören könnten, sich ins Muskelfleisch zu bohren. Sie wissen doch, meine Magennerven.«

Aber Mia ist keineswegs bereit, ihre Suche in dem blutenden Loch zu unterbrechen.

»Der Fanatiker«, sagt sie, »klammert sich an eine Idee wie ein Kind an den Rock der Mutter. Er stützt sein Lebensglück darauf, Mamas allererster Liebling zu sein. Aber Ihnen, Kramer, reicht das nicht einmal. Sie wollen nicht nur Mamas Liebling sein, Sie wollen auch noch auf die Mama herabschauen. Sie jonglieren mit Begriffen, um sich zum Freigeist zu stilisieren.« Sie lacht. »Oder gleich zum Märtyrer!«

»Das Wort ›Mama‹ scheint Ihnen momentan viel zu bedeuten.«

»Falsch, Kramer. *Sie* sind derjenige, dem das alles hier eine Menge bedeutet. Ihre Mama ist die METHODE, und Sie zittern vor Gier, den besten Platz an ihrer Brust zurückzuerobern. Anscheinend besteht meine letzte Aufgabe auf Erden darin, Ihnen zu zeigen, was Erwachsensein bedeutet. Kommen Sie näher, schauen Sie her. Da ist das Mistding.«

Mia hat den Kopf noch ein Stück tiefer über ihren Oberarm geneigt und gräbt ihre Fingernägel in die Wunde.

»Sie reden wie eine schlechte Verliererin«, sagt Kramer, allerdings ohne die gewohnte Überzeugungskraft.

»Bemühen Sie sich nicht. Über Ihnen und mir existiert keine Instanz, die uns richten könnte. Sie bitten das Nichts um ein Urteil! Niemand wird Ihnen sagen, ob Sie ein Fanatiker oder ein Märtyrer sind. Wir sind zu hoch geklettert, alle Stürme liegen unter uns, die Luft ist dünn geworden. Wenn wir schreien, bekommen wir als Antwort nicht einmal das Echo der eigenen Frage zurück. Sie wollen glauben, dass Sie trotz allem ein guter Mensch sind, vor allem ein besserer als ich? Nur zu. Dem Universum ist das gleich. Mir übrigens auch.«

»Mir ging es nicht um ein moralisches Problem. Sondern um …«

»Hier, Kramer. Ein Geschenk für Sie.«

Auf dem ausgestreckten Handteller hält Mia ihm den blutigen Chip hin, den sie sich aus dem Arm gezogen hat.

»Nehmen Sie. Das bin ich. Ihr rechtmäßiger Besitz. Lassen Sie sich ein goldenes Kettchen dazu schmieden.«

»Danke«, sagt Kramer, zieht ein weißes Taschentuch hervor und schlägt den Chip darin ein.

»Der Rest bleibt hier und gehört niemandem

mehr.« Mia lässt sich seitlich vom Stuhl auf den Boden gleiten. »Und damit allen. Vollkommen ausgeliefert, also vollkommen frei. Ein heiliger Zustand. Gehen Sie jetzt. Der Rest möchte ruhen.«

Kramer will noch etwas sagen und stockt, als er bemerkt, dass sie die Augen bereits geschlossen hat. Noch ein paar Sekunden betrachtet er ihr friedliches Gesicht, dann zuckt er die Achseln.

»Der Stolz der Märtyrerin«, sagt er. Der Verachtung, die er in diese Worte legt, scheint er selbst nicht ganz zu trauen.

Siehe oben

Verzeih mir, Mia. Verzeih!«

Sie sind alle da. Vor Mias verschwommenem Blick hat der Saal kein Ende; die Menge der Zuschauer reicht bis zu allen Horizonten. Unter den schwarzen Puppen sucht sie vergeblich jene mit dem blonden Pferdeschwanz. Stattdessen entdeckt sie in der Mitte der Richterbank den bärtigen Alten, mit dem sie schon bei der letzten Begegnung nichts anfangen konnte.

Vom Aufruhr im großen Verhandlungssaal ist Mia so sehr in Anspruch genommen, dass sie den Händen, die soeben noch von außen die Stäbe ihres Käfigs umklammerten, und der Stimme, die immer wieder um Verzeihung bat, kaum Beachtung schenkte. Stimme und Hände gehörten ohne Zweifel Rosentreter, der wieder aus Mias Blickfeld verschwunden ist. Vielleicht hat man ihn weggezerrt. Mia findet es nicht unangenehm, in einen Käfig gesperrt zu sein. Auf diese Weise kann sie das Spektakel wie aus einer Theater-Loge verfolgen. Störend ist nur das Zischen der Zerstäuber, die in den Ecken des Käfigs angebracht sind und Mia alle paar Sekunden mit Desinfektionsmittel besprühen. Die Intervalle erinnern an das Blinken des Lichts in der

Zelle, wo Mia, wie sie vermutet, ihr letztes bisschen Verstand verloren hat. Alles, was sie hört oder sieht, scheint der Fantasie einer Wahnsinnigen zu entspringen. Die schwarzen Puppen thronen über einer Menschenmenge, in der gerufen wird. Wenn Mia recht versteht, verlangt man ihren Kopf, wobei sie nicht begreift, was die Leute mit dieser leeren Büchse noch anfangen wollen. Vorne drischt der bärtige alte Mann, der heute noch unglücklicher aussieht als sonst, mit einem Hammer auf sein Pult ein.

Endlich wird es still. Ein Arzt im weißen Kittel nähert sich. Weil Mia im Käfig vor ihm zurückweicht, als käme er, um elektrische Kontakte an ihren Fingern und Zehen zu befestigen, muss die Sicherheitswacht sie mit langen Stangen in eine Ecke drängen. Der Arzt streckt seine Hand durch die Stäbe und fährt mit dem Scanner über ihren linken Oberarm. Alle Blicke richten sich auf die Projektionswand, auf der nicht mehr als ein leeres, leuchtendes Rechteck erscheint. Mia lacht. Die Desinfektionsanlage zischt. Der Scanner erzeugt ein schrilles Warnsignal. Der Arzt findet die verkrustete Wunde an Mias Oberarm und läuft nach vorn, um dem vorsitzenden Richter etwas ins Ohr zu flüstern. Dieser nickt.

»Die Verhandlung ist eröffnet«, sagt Hutschneider. »Die METHODE gegen Mia Holl.«

Eine der schwarzen Puppen erhebt sich und wendet Mia das Gesicht zu. Das ist Staatsanwalt Bell. Während er sich daranmacht, eine schier endlose Liste von Straftatbeständen zu verlesen, glaubt Mia langsam zu begreifen, was hier vor sich geht.

»Führung einer terroristischen Vereinigung«, sagt Bell. »Beihilfe zum Mord an Sibylle Meiler. Volksverhetzung. Widerstand gegen Vollstreckungsbeamte.«

Alle Protagonisten erhalten die Gelegenheit zu einem letzten Auftritt, wie Schauspieler, die während des Schlussapplauses einzeln vor den Vorhang treten. Mia findet das angemessen. Eine schöne Idee.

»Methodenfeindliche Sabotage. Verunglimpfung der METHODE und ihrer Symbole. Herstellen und Aufrechterhalten friedensgefährdender Beziehungen. Angriff gegen Organe und Vertreter der METHODE. Öffentliche Aufforderung zu Straftaten. Störung des öffentlichen Friedens.«

Mia hebt die Hände und macht sich zum Applaudieren bereit.

»Planung eines Attentats auf die Trinkwasserversorgung. Hochverrat. Vorbereitung eines terroristischen Krieges. Die Staatsanwaltschaft beantragt die Verhängung der Höchststrafe. Einfrieren der Angeklagten auf unbestimmte Zeit.«

Als Bell geendet hat, ist Mia die Einzige, die Beifall klatscht. Im Publikum springt ein Zuschauer auf.

»Lügenprozess!«, ruft er. »Vernichtungskampagne! Hexenjagd!«

Seine Sitznachbarn versuchen, den Mann auf seinen Stuhl zurückzuziehen. Einige Stimmen pflichten ihm murmelnd bei, die meisten schreien ihn nieder. Richter Hutschneider benutzt seinen Hammer.

»Ruhe!«, schreit er. »Wiederherstellung der Ordnung!«

Zwei Sicherheitswächter sind herbeigeeilt, haben den Störenfried an den Armen gefasst und führen ihn aus dem Saal. Für die reibungslose Aktion verleiht Mia ihnen in Gedanken volle Punktzahl.

Vorn erhebt sich die nächste schwarze Puppe, in der Mia ihren Anwalt erkennt. Sie findet, dass Rosentreter sich selbst mit übertriebener Emphase spielt. Es dauert viel zu lang, bis er richtig aufgestanden ist. Unbeherrscht zerrt er an seinen Haaren, als wollte er sich den Skalp wie eine Mütze vom Kopf reißen. Weniger wäre da mehr.

»Hohes Gericht«, sagt Rosentreter, »aufgrund der erdrückenden Beweislage verzichtet die Verteidigung auf einen Gegenantrag.«

Der Saal antwortet mit einem Raunen. Rosentreter hat diesmal nicht sein übliches Aktenpaket mitgebracht. Er glättet ein einzelnes Blatt und liest davon ab wie ein Schüler, der vor versammelter Klasse ein Gedicht vortragen soll.

»Niemand muss sich durch die Verteidigung eines Gefährders zum Methodenfeind machen. Dem Gefährder bleibt die Möglichkeit, sich selbst zu verteidigen. Es lebe die METHODE. Santé.«

Für seinen miserabel vorbereiteten Text buht Mia ihn aus, während er sich wieder setzt. Im Publikum stimmt jemand ein.

»Das ist doch Schiebung!«, ruft es aus einer Ecke und verstummt gleich wieder. Sicherheitswächter haben sich an allen Seiten des Saals positioniert und lassen ihre Blicke über die Menge schweifen.

»Die Verteidigung beruft sich auf den Selbstschutz von Justizorganen im Strafprozess«, sagt Richter Hutschneider laut. »Das Gericht nimmt dies zu Protokoll. Wir beginnen mit der Beweisaufnahme. Heinrich Kramer bitte in den Zeugenstand.«

Als Nächstes steht keine schwarze Puppe auf, sondern jene schlanke, hochgewachsene Gestalt mit stolzem Profil und nachtschwarzen Augen, die seit Tagen, seit Wochen, ach, vielleicht schon immer die Rolle des einzigen echten Menschen in Mias Leben spielt. Während sie Kramers Weg nach vorn mit Blicken folgt, beginnen ihre Augen zu brennen, was nicht von den Desinfektionsmitteln kommt. Er hat ihr gefehlt.

»Ich schwöre bei der METHODE, dass ich nur die Wahrheit äußere und so weiter«, sagt Kramer, kaum dass er sitzt. »Dieses Land hat Jahrzehnte gebraucht, um ein System aufzubauen, das jedem von uns ein langes und glückliches Leben garantiert. Die Feinde des Glücks sind vielzählig und schwer zu fassen. Aber der Kampf geht weiter! Wir werden unsere Werte zu verteidigen wissen.«

Automatisch beginnt das Publikum zu applaudieren; Kramer nickt beschwichtigend und legt einen Finger an die Lippen. Bell versucht, sich mit lauter Stimme wieder in den Mittelpunkt des Geschehens zu rücken.

»Herr Kramer, die Staatsanwaltschaft fordert Sie auf, uns Ihre Einschätzung des Sachverhalts …«

»Niemand kennt die Angeklagte so gut wie ich«, unterbricht Kramer.

»Das stimmt«, sagt Mia zärtlich.

»Frau Holl ist intelligent, aufgeklärt und selbstbewusst. Eine starke Persönlichkeit.«

»Danke, Heinrich«, sagt Mia.

»Eine Überzeugungstäterin. Früher treue Anhängerin der METHODE, heute eine hochgefährliche Fanatikerin. Sie ist bereit, für ihre Ideen in den Tod zu gehen. Indem wir die Höchststrafe über sie verhängen, entsprechen wir ihrem eigenen Willen. Wir respektieren sie als freien Menschen. Die Strafe ehrt den Verbrecher!«

Wieder beginnt das Publikum zu klatschen, Mia applaudiert am lautesten.

»Bravo!«, ruft jemand.

»Ich bitte um Ruhe«, sagt Hutschneider.

Mia nickt und applaudiert und weint und schüttelt den Kopf und applaudiert so heftig, dass sie nicht mitbekommt, was vorne noch alles besprochen wird. Sie hört erst wieder damit auf, als weitere Figuren auf der Bildfläche erscheinen. Drei Damen in weißen Kitteln treten unsicheren Schrittes vor das Richterpult und wollen bald hierhin, bald dorthin ausweichen, als würden sie von allen Seiten angegriffen. Ein Sicherheitswächter führt die drei an den Zeugentisch.

»Sie schwören, dass Sie nach bestem Wissen die reine Wahrheit sagen und nichts verschweigen«, erklärt Hutschneider. »Heben Sie die Hände.«

»Wir schwören«, sagt Lizzie.

»So wahr uns Gott helfe«, sagt Driss.

»Doch nicht Gott«, zischt die Pollsche.

»Meine Damen«, sagt Hutschneider, »Sie müssen bezeugen, dass Sie bei der Hausdurchsuchung …«

»Da waren wir dabei, Chef«, sagt Lizzie.

»Die Mia ist eine Märtyrerin!«, ruft Driss.

»Spinnst du«, flüstert die Pollsche.

Im Saal wird getuschelt. Inzwischen hat ein ganzes Heer von Sicherheitswächtern das Publikum umstellt. Ein paar von ihnen nähern sich dem Zeugenstand.

»Driss meint«, sagt Lizzie schnell, »dass Frau Holl eine Terroristin ist.«

»Das ist doch dasselbe«, sagt Driss, »Märtyrer und Terrorist!«

»Noch so eine!« Im Publikum ist ein Mann aufgestanden.

»Stopft ihr das Maul!« Ein zweiter steht.

»Verdammt noch mal«, schnauzt Hutschneider in Richtung der Sicherheitswacht. »Ich will, dass die Ruhestörer kaltgestellt werden.«

Driss schaut den Uniformierten aus blanken Augen entgegen.

»Das stand in allen Zeitungen«, sagt sie zu ihnen. »Aber ich hab es als Erste gewusst. Die Mia ist ein guter Terrorist!«

»Methodenfeinde!«

»Sortiert sie aus!«

»Unterbrechen Sie die Verhandlung und räumen Sie den Saal«, verlangt ein Beisitzer von Hutschneider.

»Auf keinen Fall«, ruft Heinrich Kramer von der Pressebank. »Das wird heute zu Ende gebracht.«

»Ruhe!«, schreit Hutschneider.

»METHODE ist Mord!«, kommt es zurück.

Der Mann, der das gerufen hat, ist klein, hat einen Kopf wie eine Kugel und schütteres Haar. Mia vermutet, dass er als Programmierer arbeitet. Seiner Miene ist anzusehen, dass er zum ersten Mal im Leben körperlichen Schmerz erfährt, als ihn ein Banknachbar mit einem Fausthieb zu Boden streckt und ein paar andere nachtreten. Drei Sicherheitswächter bahnen sich ihren Weg durch die Sitzreihen und schleifen den Kugelköpfigen an Armen und Beinen zum Ausgang.

»Ihr opfert Mia Holl auf dem Altar eurer Verblendung!«, ruft ein Unbekannter, während der kleine Mann hinausgetragen wird.

»Genau!«, schreit Driss.

Als sich in den ersten Reihen mehrere Männer daranmachen, die Absperrung zu überklettern, nehmen die Sicherheitswächter Driss in ihre Mitte. Der eine legt ihr Handschellen an, während die anderen sie mit erhobenen Schlagstöcken gegen die Angreifer verteidigen. Als Driss am Käfig vorbei zur Tür geschleppt wird, begreift Mia, dass der Moment für ihren persönlichen Auftritt gekommen ist. Da Moritz nicht hier sein kann, wüsste sie nicht, wer sonst noch an die Reihe kommen sollte. Sie umfasst die Gitterstäbe und rüttelt so kräftig daran, dass der ganze Käfig zu dröhnen beginnt.

»Stopp! Ich bin dran!« Ringsum verlangsamen sich die Bewegungen, Köpfe werden nach vorn gewendet. Plötzlich ist es still.

»Brennt das Land nieder«, sagt Mia. »Reißt das Gebäude ein. Holt die Guillotine aus dem Keller, tötet Hunderttausende! Plündert, vergewaltigt! Hungert und friert! Und wenn ihr dazu nicht bereit seid, gebt Ruhe. Ihr könnt euch feige nennen oder vernünftig. Haltet euch für Privatmänner, für Mitläufer oder Anhänger des Systems. Für unpolitisch oder individuell. Für Verräter an der Menschheit oder treue Beschützer des Menschlichen. Es macht keinen Unterschied. Tötet oder schweigt. Alles andere ist Theater.«

»Komische Fanatikerin«, sagt ein Beisitzer in das anschließende Schweigen.

»Ist das alles?«, fragt Mia. »Wo ist *mein* Applaus?«

»Genug.« Erschöpft wischt sich Hutschneider den Schweiß von Stirn und Nacken. »Es ist genug. Die Angeklagte verhöhnt das Gericht. Die Verhandlung ist geschlossen. Das Gesetz verlangt, dass ich die Angeklagte frage, ob sie eine Person benennen will, die bei der Vollstreckung anwesend sein soll.«

»Heinrich Kramer«, sagt Mia prompt.

»Ich nehme an«, sagt Kramer.

»Hervorragend«, sagt Hutschneider. »Ich komme zur Verlesung der Urteilsformel.«

Er zieht einen Zettel aus der Akte, von dem angenommen werden muss, dass er schon vor der Verhandlung geschrieben wurde. Mia lässt sich in ihrem Käfig zurücksinken und schließt die Augen.

»Trotzdem«, sagt sie leise und lächelt. »Ich habe trotzdem gewonnen.«

»Römisch erstens. Die Angeklagte ist schuldig der methodenfeindlichen Umtriebe in Tateinheit mit der Vorbereitung eines terroristischen Krieges, sachlich zusammentreffend mit einer Gefährdung des Staatsfriedens, Umgang mit toxischen Substanzen und vorsätzlicher Verweigerung obligatorischer Untersuchungen zu Lasten des allgemeinen Wohls. Römisch zweitens. Sie wird deshalb zum Einfrieren auf unbestimmte Zeit verurteilt. Römisch drittens. Die Angeklagte hat die Kosten des Verfahrens und ihre notwendigen Auslagen zu tragen. Aus den folgenden Gründen …«

Siehe oben. Siehe wieder und wieder und immer wieder, siehe früh im Jahrhundert und spät im Jahrhundert und mitten im Jahrhundert – oben.

Zu Ende

Vielleicht ist es der friedlichste Moment seit Wochen. Vielleicht sogar seit Monaten. Die Liege ist bequem, der Raum sauber, die Luft klimatisiert. Man hat Mia gewaschen, massiert und gefüttert. Man hat sie in einen Neopren-Anzug gesteckt, der die Haut vor Frostschäden schützen wird. Sie wurde hereingetragen und auf ein Gerät gelegt, das mit seinen gläsernen Platten und Röhren harmlos aussieht wie eine aufgeklappte Sonnenbank. Auch Hutschneider und Kramer wirken nicht mehr bedrohlich, schon gar nicht überlebensgroß. Kramer kühlt Mias Stirn mit einem feuchten Tuch, sorgt dafür, dass sie bequem liegt, und reicht ihr die Tasse für einen Schluck heißes Wasser. Es fehlt nicht viel und er hätte sie mit dicken weißen, frisch duftenden Daunen zugedeckt. Mia ist müde. Kaltstellen. Ein schönes Wort. Sie denkt ohne Furcht an die Verlangsamung ihrer Herzschläge, an die seltener werdenden Atemzüge, sogar an das Brechen ihrer Augen, also an jenen Verlust des menschlichen Blicks, vor dem es den Hinterbliebenen so sehr graust, obwohl nichts weiter als das sekundenschnelle Austrocknen der Tränenflüssigkeit dafür verantwortlich ist. Wozu braucht man einen Blick, wenn es draußen nichts mehr zu sehen gibt? Selbst das hektische Kopfschütteln packt sie nur noch selten. Wozu mit dem Kopf schütteln, wenn man gar nicht weiß, zu wem oder was man noch *Nein* sagen soll?

»Ich dokumentiere«, sagt Hutschneider. »Die Verurteilte wurde auf die Vollstreckung vorbereitet und nach Paragraf 234 Gesundheitsordnung über alle medizinischen Details belehrt. Anwesend sind der vorsitzende Richter Hutschneider und Heinrich Kramer als Vertrauensperson. Die Angeklagte wird nach ihrem letzten Wunsch befragt. Frau Holl, wie lautet Ihr letzter Wunsch?«

Mia ist so angenehm schläfrig, dass sie eine Weile braucht, um zu verstehen, dass man mit ihr spricht.

»So was gibt's wirklich?«

»Ganz klassisch«, sagt Kramer.

»Dann halten wir es auch klassisch. Ich möchte eine Zigarette.«

Kramer freut sich; fast hätte er in die Hände geklatscht.

»Sehen Sie!«, ruft er. »Ich wusste es.«

Er fördert ein silbernes Zigarettenetui zutage und bietet Mia mit galanter Geste davon an.

»Aber Sie können doch nicht…«, beginnt der Richter.

»Sie sind ein Schlappschwanz, Hutschneider«, erwidert Kramer vergnügt und gibt Feuer.

Mia nimmt einen tiefen Zug.

»Die Verurteilte…« Hutschneider kritzelt in seinem Protokoll. »Ich kann das doch so nicht …« Er schaut auf. »Also, die Verurteilte verzichtet auf ihren letzten Wunsch.«

Das schreibt Hutschneider nieder; dann gibt er jenem Unsichtbaren ein Zeichen, der hinter einer verspiegelten Glasscheibe die Technik bedient.

»Das mit den Guillotinen hat mir übrigens gefallen«, sagt Kramer. »Tötet oder schweigt. Ich werde Sie in meinem Nachruf zitieren. Wie fühlen Sie sich?«

»Gut«, sagt Mia. »Es riecht nach Moritz.«

»Im Namen der METHODE«, sagt Hutschneider.

Der Deckel der Apparatur fährt langsam herunter; Mia nimmt noch einen Zug und reicht Kramer die Zigarette.

»Also gehe ich ins Exil«, sagt sie leise.

Der Deckel klappt zu. Von Mia sieht man nicht viel mehr als ihre Füße. Zischend dringt kalter Nebel aus den Ritzen der Apparatur. Kramer und Hutschneider ziehen sich zurück, um den Vorgang aus gebührendem Abstand zu überwachen.

Es wäre ein guter Augenblick für das Ende. Ein guter letzter Satz; dazu der seit Wochen oder Monaten friedlichste Moment. Aber die Tür fliegt auf, und Bell eilt aufgeregt und mit keuchendem Atem herein. In Händen hält er ein Dokument, das zu einer Rolle gedreht und auf altmodische Weise versiegelt ist.

»Ich muss«, schnauft er, »den Vorgang unterbrechen.«

»Halt!«, schreit Hutschneider.

Sofort hört das Zischen auf, der Kältenebel beginnt sich aufzulösen.

»Der METHODE sei Dank«, sagt Bell. »Das war buchstäblich in letzter Sekunde.«

»Was ist los?«

Hutschneider ist so nervös, dass er Bell um ein Haar das Dokument aus der Hand gerissen hätte. Während der Staatsanwalt das Siegel bricht, lehnt Kramer in vertrauter Pose, mit überkreuzten Armen und zufriedenem Lächeln, an der Wand.

»Der Präsident des Methodenrats«, liest Bell, »entschließt sich auf Antrag der Verteidigung und nach Wunsch von höchster Stelle zu einer Begnadigung der Verurteilten.«

Der Deckel löst sich aus seiner Verankerung.

»Wie schön«, sagt Kramer zu Mia. »Sie sind gerettet.«

Mühsam richtet sich die Verurteilte auf.

»Was?«, fragt sie tonlos.

Als Kramer ihre fassungslose Miene sieht, bricht er in herzliches Gelächter aus. Er lacht so sehr, dass er kaum Luft bekommt.

»Hören Sie«, sagt ein aufgeregter Hutschneider. »Ich verstehe nicht, was ...«

Kramer kann nicht anders, als mit dem Finger auf Mia zu zeigen. »Schauen Sie sich die Verurteilte an!«, stößt er hervor, als er wieder sprechen kann. »Dieser entgeisterte Blick! Sie hat ernsthaft geglaubt, die METHODE würde Sie zur Märtyrerin machen. Dabei schenken nur unfähige Machthaber dem nervösen Volk eine Kultfigur. Jesus von Nazareth, Jeanne d'Arc – der Tod verleiht dem Einzelnen Unsterblichkeit und stärkt die Kräfte des Widerstands. Das wird Ihnen nicht passieren, Frau Holl. Stehen Sie auf. Ziehen Sie sich an. Gehen Sie nach Hause. Sie sind ...« Noch einmal kehrt der Lachanfall zurück. »Frei!«

»Nein«, flüstert Mia.

Langsam begreifend, verzieht Bell das Gesicht zu einem breiten Grinsen.

»Das reicht jetzt.« Hutschneider schaut Kramer wütend an, der sich die Lachtränen aus den Augen wischt und seine Fassung zurückgewinnt.

»Nein!«, schreit Mia. »Das könnt ihr nicht machen! Ihr müsst mich hierbehalten! Ihr schuldet mir das!«

»Psychologische Betreuung«, sagt Bell zu Hutschneider. »Bestellen einer Aufsichtsperson. Unterbringung in einer Resozialisierungsanstalt. Medizinische Überwachung. Alltagstraining.«

»Ich kümmere mich darum«, sagt Hutschneider.

»Vertrauensbildende Maßnahmen. Politische Bildung. Methodenlehre.«

Immer weiter redend, verlassen die beiden Herren den Raum. Auch Kramer hat die Hand auf der Klinke. Er wirft Mia sein Zigarettenetui und das Feuerzeug zu.

»Leben Sie wohl, Frau Holl«, sagt er.

Mia bleibt allein zurück. Sie schüttelt mit dem Kopf.

Denn erst jetzt ist sie – erst jetzt ist das Spiel – erst jetzt ist wirklich alles zu Ende.

Inhalt

FSC
www.fsc.org
MIX
Papier aus verantwortungsvollen Quellen
FSC® C013736

Verlagsgruppe Random House FSC® N001967

8. Auflage
Taschenbuch-Sonderausgabe April 2013,
btb Verlag in der Verlagsgruppe Random House GmbH,
Neumarkter Str. 28, 81673 München

Umschlaggestaltung: semper smile, München
nach einer Vorlage von Buxdesign, München.
Umschlagmotiv: © David Finck
Satz: Uhl + Massopust, Aalen
Druck und Einband: Kösel, Krugzell
SK · Herstellung: sc
Printed in Germany
ISBN 978-3-442-74525-8

www.btb-verlag.de
www.facebook.com/btbverlag
www.juli-zeh.de

Juli Zeh

Nullzeit

Roman

Geschenkformat, 320 Seiten
btb 71305

»›Nullzeit‹ kann sich locker mit der Altmeisterin der spürbaren Amoral Patricia Highsmith messen.«

Brigitte

»Juli Zeh hat aus der alten Thematik von Dreierbeziehungen und blinden Leidenschaften … eine Art ›Lese-Film‹ gemacht, der zur spannenden Lektüre gleichzeitig starke Bilder liefert und jedem Nicht-Taucher einen Schauder über den Rücken jagen wird.«

NDR 1

Kristine Bilkau

Die Glücklichen

Roman

Geschenkformat, 384 Seiten
btb 71710

»Kristine Bilkau hat einen fabelhaft gelungenen Debütroman geschrieben, ebenso takt- wie kunstvoll, ganz ohne Händezittern und sehr lesenswert.«

Frankfurter Allgemeine Zeitung

»Die Glücklichen hat etwas zu erzählen über diese Generation, das es so womöglich noch nicht zu lesen gab.«

SPIEGEL ONLINE

btb